No me juzgues, no me conoces.

(Pregúntame, si quieres saber)

Escrito y editado por Omar El Bachiri

ISBN: 978-99920-3-247-3
Depósito legal: AND.269-2020

Primera edición: octubre 2020

Corrección: Bego Blanco

Omar El Bachiri nació el 5 de enero de 1977, en Marruecos. En un pequeño pueblo de la provincia de Nador. A la edad de dos años emigró junto con su familia al Principado de Andorra, donde posteriormente adquirió la nacionalidad. Es licenciado en psicología clínica y experto en adicciones. Por la Universidad Nacional de Educación a Distancia (UNED).

Es autor y escritor de otros 3 libros.

1- Feliz y con ahorros
2- Vivo como quiero
3- Drogas y adicciones

En esta cuarta entrega, nos explica la función de los estereotipos a la hora de juzgar a alguien. Lo hacemos constantemente y en cualquier lugar, es un proceso automático. Curiosamente, hay un hecho que quiero explicarte antes de que empieces a leer, te lo digo para que no le des tanta importancia a la opinión de los demás sobre ti.

Un juez antes de emitir su veredicto, analiza de forma objetiva y minuciosamente toda la información. Buscando cualquier incoherencia para descartar el más mínimo error y así tomar la decisión más justa. La ley está escrita sobre papel y todos la podemos leer, tenemos unos derechos y unas obligaciones.

Si eres ciego o sordo y alguien te las lee o tú mismo lo haces, te quedará claro qué hacer y qué no y a partir de ahí, serás juzgado si te sales de sus parámetros. No hay margen de error. Con esto quiero decir que, si no te está juzgando un juez, no te preocupes tanto por su opinión, pues no es válida, no está fundamentada en conocimientos reales, sino, en sus propias expectativas, en su forma de entender la vida.

¡No te lo tomes como algo personal!

Viajar y practicar deporte, son dos de sus pasiones favoritas. Gracias a haber estado en los 5 continentes y a la diversidad de países visitados, ha conocido culturas y formas de pensar diferentes. Pero, aun así, todas comparten un factor común. Los estereotipos sociales. Sin embargo, no todas las culturas y/o sociedades les dan el mismo valor, en algunas se premia la figura física delgada y en otras, se rechaza. Igual sucede con el color de piel, en algunas se busca el bronceado y en otras la palidez.

Entonces, para no frustrarse y padecer ansiedad por el qué dirán, es de suma importancia conocer los valores sociales de cada una. A partir de ellos, entenderemos los prejuicios que puedan tener sobre nosotros.

Para que te quede más claro, pongamos que eres un hombre de 1,85 m. y 150 kilos. Si para la otra persona eres un luchador de sumo, de lucha libre, culturista, o un ciudadano cualquiera, no te va a juzgar por igual, lo hará según lo que ella entienda que representas. Te va a admirar, despreciar o le serás indiferente. Tú, poco puedes hacer por cambiar su opinión, si no encajas en su ideal. Lo mismo sucede si eres una mujer, digamos que mides 1,60 m. y pesas 46 kilos.

Para los demás, puedes ser una chica anoréxica, cuando podrías ser perfectamente, una atleta de maratones. Para este deporte, eres el perfil más común o quizás si eres modelo, también encajas en este perfil. Los demás nos juzgan por la forma externa, no por la interna, siendo esta la más importante. Exteriormente, estar delgado, obeso o musculado, no tiene la más mínima diferencia. El aspecto físico no es sinónimo de buena salud.

Varias personas pueden tener el mismo aspecto físico o peso y cada una tener una patología diferente. Una puede sufrir de diabetes, otra de asma, otra del corazón y así con cualquier enfermedad. También, depende del oficio que tengamos, nos beneficia una forma física u otra. No es lo mismo trabajar en un almacén, levantando peso toda la jornada laboral, que estar sentados en una silla, frente a un ordenador o una caja registradora.

Antes de juzgar a alguien por su aspecto físico, imagina que estás en una habitación a oscuras y sólo oyes su voz. Vas a cambiar por completo tus ideas y prejuicios. Es lo que suele suceder con los programas de radio. Estás acostumbrado a oír la voz del locutor y en cuanto lo ves físicamente, la gran mayoría de veces no tiene nada que ver con el perfil que te imaginabas. Es más joven o mayor, alto, bajo, moreno, rubio, etc.

Esto sería por una parte y por otra también, puede ser por envidia. Cuando nos juzgan por la segunda vía, el motivo ya es otro diferente, pues, no hay error de interpretación. Está más relacionado con la frustración personal. Es criticar y juzgar por el simple hecho de hacer el mal. No tiene nada que ver con la supervivencia del individuo.

No obstante, ser criticados por la envidia, es algo positivo, porque significa que estamos haciendo bien las cosas. Nos sirve de termómetro. Lo ideal es ser criticado por 3 personas de cada diez, es decir, por el 30%. Si nadie te critica, significa que tu aportación pasa desapercibida, pues no causa efecto ninguno en la sociedad.

"Los demás no te ven como eres, sino, como son ellos"

Agradecimientos: agradezco a toda la gente de la que me rodeo, porque tanto de forma directa como indirecta, han contribuido a la creación del libro. También quiero agradecer, el intercambio de opiniones mantenido en las redes sociales, ha sido una gran fuente de información, han sido horas chateando con gente desconocida con la que sólo interactúo por estos medios. Igualmente, quiero hacer mención especial a dos personas, sin las cuales hubiera sido más difícil escribir el libro, Tano y Bego, ambos son muy críticos con mis escritos, son objetivos y me dicen las cosas tal cual las piensan. Además, ella también es la correctora del mismo.

Índice

Prólogo

Formar parte de un grupo de personas o sentirse identificado con él, es primordial para nuestra salud mental. Es a partir de él, que juzgamos nuestro entorno y las formas de comportamiento que percibimos. Las podemos aprobar o rechazar, según vayan acorde con nuestras creencias y forma de vida. Todos buscamos el bienestar y cada uno, lo hace según sus herramientas mentales, todos nacemos con las mismas, un conjunto de neuronas y una estructura craneal. Dentro de la misma, hay una pizarra en blanco, donde vamos escribiendo las experiencias vividas, como una especie de diario, donde anotamos los sucesos. Desafortunadamente, las sensaciones y emociones, están condicionadas por nuestro modo de vida. Nuestros sentidos, pueden hacer que veamos y oigamos cosas que no hay, dando como resultado interpretaciones erróneas, origen de muchos conflictos sociales y juicios equivocados.

¡No es lo que hay, es lo que tú ves y oyes!

Ahora mismo, me encuentro en un avión destino a San Francisco, he embarcado por la mañana temprano, en Barcelona y en Londres hemos hecho una escala de tres horas. Tiempo que dediqué a escribir unas hojas de este libro. Te voy a contar algo muy curioso, juzgamos y criticamos sin querer. Es algo común en el ser humano.

Nuestra mente busca una explicación coherente a las imágenes y palabras que percibe. Como te he dicho, me dediqué a escribir y para hacerlo cómodamente, entré en una de las cafeterías que estaba cerca de mi puerta de embarque. Apenas llevaba 10 minutos escribiendo, me percaté de que mi mente no paraba de juzgar a las personas que merodeaban a mi alrededor.

No me gusta hacerlo, sin antes conocer la situación o a la persona. Estoy en contra de etiquetar sin más, pero no podía evitarlo. Intentaba escribir, pero no me concentraba.

Veía parejas del mismo género sexual, paseando cogidas de la mano, hombres de edad avanzada con jovencitas, gente con mucha prisa y otra, con toda la calma del mundo. Mi mente era como una montaña rusa, no paraba de intentar adivinar sus orígenes y la relación que podían tener entre ellas. Todas estas personas, tenían rasgos físicos diferentes, variaban en altura, peso, color de piel, de ojos, pelo, etc.

En cuanto tenía la relación hecha, hablaban entre ellas y en su idioma, me desorientaba otra vez. Es más, incluso había quien usaba el lenguaje de signos. No tenía por dónde empezar, ni en qué basarme.

Es por eso, que escribo este libro. Para que entiendas los motivos de por qué lo hacemos. Comprenderás, que el motivo real no es nuestra forma de vestir y menos aún nuestra procedencia geográfica. Tampoco lo es el tipo de religión que sigamos, ni nuestra apariencia física. El problema surge de las percepciones y creencias de los demás, en relación a nuestra condición social. Moralmente, no se juzga igual a una persona de clase baja, que a una de clase alta. Aunque ambos sean del mismo país, ciudad y/o barrio, tristemente, hay gente que tiende dar valor al dicho, *"tanto tienes, tanto vales"*, dando más importancia a las apariencias y a los beneficios que puedan obtener de nosotros, que a ver a la persona que realmente somos.

¡Juzgamos según nuestros intereses personales y/o miedos!

Es la causa principal en la discriminación. El miedo a lo desconocido, miedo a la persona o al grupo. Creamos una barrera y los aislamos. Asimismo, un factor importante es el nivel intelectual, cuanto menor es, más fácil es enjuiciar. Tener un cierto nivel intelectual nos permite conocernos a nosotros mismos, entender que no todos somos iguales y que tenemos diferentes capacidades.

Dependiendo del lugar del planeta en el que hayamos crecido y nuestras posibilidades sociales, desarrollaremos unas capacidades u otras. Todos desempeñaremos oficios diferentes, algunos seremos psicólogos, otros serán médicos, abogados, camareros, músicos, mecánicos, políticos, futbolistas, actores, etc.

Los seres humanos tenemos la necesidad de interpretar nuestro medio ambiente, por simple supervivencia, para decidir si quedarnos en él o abandonarlo. Se trata de encontrar respuestas a los sucesos y a lo que nos rodea. De ahí la religión y la ciencia.

Cada una interpreta la realidad a su manera. Mismos acontecimientos, diferentes interpretaciones y en consecuencia, diferentes explicaciones. La primera tiende a culpar al ser humano sobre cualquier desastre de la naturaleza, los culpables siempre somos nosotros, Dios lo ha hecho para castigarnos por nuestra mala conducta. Nos juzga como culpables.

Lo hace para que aprendamos la lección y seamos mejores personas, nos transmite la culpa. Su propósito es que sintamos malestar, siguiendo sus directrices, nos moveremos por el miedo a defraudar al ser todo poderoso.

Sin embargo, la ciencia busca el porqué de los sucesos en nuestro exterior o como mucho, en la responsabilidad de las conductas. Si se hace esto, sucede aquello. No culpa a nadie, lo hace de tal forma que entendamos el proceso, para que no se vuelva a repetir y si se hace, que estemos preparados para afrontarlo de la mejor forma posible.

En el momento de sacar conclusiones sobre las conductas o situaciones, la ciencia lo hace de forma objetiva. Los explica a partir de hechos observables o por lo menos, demostrables. Es decir, unos hechos demuestran otros hechos. De esta forma, se demuestra la relación causa-efecto. La religión, sin embargo, lo basa en hechos subjetivos y sugestiones, aunque no tengan relación entre ellos, los asocia. Lo que prima es tener una explicación.

Estas formas distintas de interpretar la vida, es lo que vienen siendo nuestras creencias. A partir de ellas, es cómo entendemos el mundo y nos enfrentamos a él. Nos condicionan el presente y limitan el futuro.

Luego, cada religión tiene sus paradigmas y no así la ciencia. Esta es la misma para cualquier persona y zona de la tierra. No importa si estás en Asia, Europa, o en América. Las conclusiones extraídas van a ser las mismas. Con esto quiero decir, que según la religión que siga cada uno, así interpreta los acontecimientos y de la misma forma juzga a los demás y así mismo. Se puede sentir culpable, o tener miedo a las consecuencias de sus actos.

La culpa y el miedo: dos emociones tremendamente autodestructivas. Ambas típicas en cualquier forma de discriminación y juicio que suframos o provoquemos. Son las peores que se pueden padecer, porque conducen a la vergüenza. Esta, nos puede paralizar y limitar en nuestro modo de vida. La vergüenza, es un sentimiento que imposibilita la acción y en consecuencia, la creación de momentos agradables.

Digamos que estás en una fiesta y suena tu canción favorita, te mueres de ganas de bailar, pero como nadie lo está haciendo, tú tampoco te animas. Por miedo a hacer el ridículo, te adelantas al juicio, das por hecho que los demás van a criticarte por bailar. Otra forma de sentirla, es hacerlo sobre nuestro aspecto físico, color de piel, la clase social a la que pertenecemos, del lugar de origen, etc.

Con esto quiero que entiendas, que el miedo y la culpa, son las emociones más usadas para controlar a cualquier persona, comunidad o gobierno. Son muy efectivas.

La persona o grupo que intenta humillarte, es lo que busca, que te avergüences de lo que haces o eres. Quiere tener cierto control sobre ti, que seas reactivo a sus comentarios y les des el poder para decidir sobre tu vida. Por lo tanto, te voy a explicar algunas diferencias entre sentirse culpable y sentirse avergonzado.

La culpa, es hacer y la vergüenza, es ser. La primera, se puede definir como haber cometido un error y la segunda, se define, como ser el error. ¡No valgo para nada! – ¡No sé hacer nada! – ¡Todo lo hago mal! –

La diferencia entre ambas, es que te puedes sentir culpable por haberte comportado de una forma en concreto, o no haberlo hecho. Entonces, para aliviar ese malestar, lo compensas con otra acción. Sin embargo, cuando te sientes avergonzado, es totalmente diferente, es una sensación incapacitante, te avergüenzas de tu persona.

Puede ser tanto de alguna parte de tu cuerpo, como de tus conductas frente a los demás. Se podría definir, como tener miedo a ser juzgado por la sociedad. Es un miedo irreal, pero tan perjudicial o más que el real.

Por ejemplo, – Me siento culpable por haber comido demasiado, entonces, para compensarlo haré doble sesión de entreno –

Otro ejemplo, todavía más claro, es la justicia. Cuando nos juzga como culpables de algún hecho, nos priva de libertad, bien nos envía a prisión, nos impone trabajos comunitarios o una sanción económica. Quiere que llevemos a cabo una conducta compensatoria, para pagar por nuestra culpa y así quedemos libres frente a la sociedad. La culpa se compensa haciendo algo a cambio.

Debido a esta pérdida de libertad, puntualmente, puede producir frustración, porque somos conscientes del error cometido y aceptamos el castigo. Es algo concreto, conocemos el motivo – He cometido este error y debo hacer algo para solventarlo – ¡Debo pagar por ello!

Sin embargo, la vergüenza es general y perdura en el tiempo. La persona vergonzosa, lo es en todos los aspectos de su vida, no en algo en concreto, se lleva por dentro, - ¡Soy un/a inútil! – ¡No sirvo para nada! – ¡Todo lo hago mal! – ¡Nadie me quiere! –

Por suerte, ambas emociones pueden revertirse, sencillamente cambiando el significado que les damos. En vez de buscar el auto-castigo, podríamos buscar la responsabilidad de las conductas. Es decir, sentirse responsable y aceptar las consecuencias de lo que hacemos.

Lo que viene siendo: – Sólo me hago responsable de lo que pienso, digo y hago – No de lo que tú interpretas –

Esto es la coherencia de las conductas. – Hago lo que pienso y como tal, lo acepto – Si quiero comer algo sabroso y por ello, gano peso, lo acepto y no me frustro.

Es lo que busco, satisfacer el placer de comer. Me hago responsable de las consecuencias, no me voy a quejar por ganar peso.

Si alguien me va a juzgar por mi peso, primero tendría que conocer los motivos que me han llevado a este estado emocional. Nuestro cuerpo refleja nuestra alimentación. Muchas veces la gente entiende algo diferente a lo que expresamos, en consecuencia, se comporta de manera diferente a la que esperamos.

De ahí, la importancia de ser coherentes con lo que pensamos y hacemos. Para poder justificar nuestras conductas, conviene destacar, que reflejamos lo que somos en base a los hechos, no a las palabras. De igual forma, que el bien y el mal, no es interpretado de la misma manera, según se haga desde la ley, desde la cultura o la moralidad.

Una conducta, puede ser inmoral o no apta en ciertas culturas, pero no ser ilegal a nivel judicial. Es decir, no está castigada por la justicia. Por ejemplo, el corte de pelo, la forma de vestir, el aspecto físico, etc. Con esto quiero decir, que la mayoría de las veces que juzgamos o nos juzgan, se hace desde unos parámetros subjetivos y variables. Dependiendo de nuestras creencias y del lugar en el que residimos. Por eso la importancia de la responsabilidad.

Cuando la intercambiamos por la culpa o la vergüenza, nos enfocamos en buscar alternativas para reparar el daño causado. Además, la mente lo percibe como algo positivo, nos estamos haciendo cargo de las consecuencias.

No es lo mismo pensar: – Me hago responsable de lo que pienso, digo y hago – Que decir – Soy culpable o me avergüenzo –

Obviamente, tanto la religión, como la ciencia, buscan una sociedad sana y con ganas de prosperar. Una sociedad que sume, no que reste. Por consiguiente, son necesarias personas que aporten, ciudadanos sin complejos y que entiendan que todos vamos a una. Los complejos tienen su función y como tal, son temporales.

Actúan como motor, para cambiar lo que no nos gusta de nosotros mismos. Nuestro deber es entender que todos sumamos en la sociedad, aportando nuestro granito de arena. Por ejemplo, sin los profesionales de la comunicación, los deportistas de élite no serían tan reconocidos, al igual que los mecánicos, sin los profesionales de la industria automovilista, no serían necesarios.

Podría seguir así con todos los oficios y profesiones que existen, para explicarte la importancia del equilibrio entre la oferta y la demanda. Antes de sentirte mal, por los comentarios despectivos que otros puedan hacer sobre ti, ten en cuenta que esa persona o grupo, no entienden la importancia de la diversidad cultural.

Los prejuicios desaparecen, cuando la persona que los emite, se informa antes de hacer una crítica o dar su opinión. La pregunta que debes hacerte antes de sentirte juzgado/a, es: qué me aporta su opinión, ¿bienestar o malestar?, es decir, ¿es una crítica constructiva o destructiva?

Es necesario recalcar, que para poder responder a esta pregunta, primero hay que saber qué es una crítica y no es otra cosa que, hacer un análisis de una situación, objeto o persona y dar una opinión. La persona que critica, lo puede hacer de forma negativa o positiva. También denominadas crítica destructiva y crítica constructiva.

Crítica destructiva y crítica constructiva: las dos formas requieren del mismo gasto energético, porque ambas, tienen que centrar la atención en el motivo de la crítica. Sólo que, una lo hace en los defectos y errores y la otra, en las virtudes y aciertos. La primera es gratuita, pobre en información y no está justificada, imposibilitando así la entrada de nuevas ideas.

Por su parte, la segunda, se basa en hechos objetivos, no sólo en palabras. Con la negativa, se profundiza en los problemas, se buscan culpables y la descalificación de la persona, se quiere destruir y aniquilar su autoestima. Sin embargo, con la positiva, se busca reforzar a la persona, que entienda que va por buen camino. Se centra más en el proyecto o en la idea, aporta soluciones y nuevas formas de ver las situaciones.

Una gran diferencia entre ambas, es que en la constructiva, se tiene bastante información para argumentar el desacuerdo y defender su postura, a la hora de aportar nuevas opciones. Cuando se habla, se hace de manera directa y clara, no se deja margen para el error de interpretación. De esta forma, se fomenta un diálogo bidireccional, la otra parte, puede replicar y dar su punto de vista.

No es lo mismo decirle a alguien, – Me avergüenza tu conducta, eres el culpable de mis problemas financieros – Que decirle – Gracias a tu conducta, tengo problemas financieros –

La otra persona, interpretará de modo diferente las dos frases, aunque signifiquen lo mismo. Problemas financieros. Sólo que, con la segunda manera de decirlo, se sentirá responsable y estará dispuesta a reparar el error. No se sentirá menospreciada, ni juzgada, sino, responsable de las consecuencias surgidas.

En relación al miedo, conviene enfatizar, que es nuestro aliado. Nos mantiene alerta, se encarga de nuestra supervivencia. Sin él, nos volveríamos temerarios y moriríamos a los pocos días de nacer y puede ser innato o adquirido. En este segundo caso, se hace básicamente de dos formas. Por condicionamiento clásico (asocio una situación u objeto con malestar) o por aprendizaje vicario (viendo la conducta de otros).

Este segundo, es el heredado por los progenitores. Los adultos proyectan sus miedos, condicionando el desarrollo evolutivo de los hijos. El miedo, provoca respuestas parecidas al estrés: atacamos, huimos o nos paralizamos. Hay que tener cuidado con él, porque puede volvernos histéricos e incluso matarnos si no lo controlamos.

Suele suceder, cuando se prolonga en el tiempo. Nos creará ansiedad, estrés, dolor de cabeza, diarrea, taquicardias o incluso un paro cardíaco. Es una emoción muy limitante, puede hacernos abandonar cualquier ilusión que tengamos. No obstante, se distinguen dos tipos de miedo, el real y el irreal, pero ambos producen las mismas respuestas.

Cuando estamos siendo discriminados y percibimos que perdemos oportunidades sociales, para mejorar en la vida, es un miedo real. Estamos viendo que nuestro futuro peligra y con él, nuestra integridad emocional y física. Sin embargo, cuando nos sentimos rechazados, pero en realidad no lo estamos, es irreal.

Creemos que los demás nos juzgan, por algún motivo, pero en realidad es porque tenemos baja autoestima y vemos la realidad distorsionada. Nos estamos enfocando en nuestros defectos, en lugar de hacerlo en nuestras virtudes, estamos exagerando nuestros fracasos e infravalorando nuestros logros o aptitudes.

Como he dicho antes, muchas veces se discrimina por miedo a lo desconocido, a cómo será esa persona o grupo. Quien lo hace, seguramente, tiene miedos que no cuenta y los está reflejando en sus conductas, comentarios o expresiones faciales.

Por lo tanto, si en alguna ocasión te sientes discriminado, entiende que la otra parte, se siente amenazada por tu presencia. Con lo cual, tienes que buscar la manera de sacarle provecho a la situación. Tienes poder sobre la persona en cuestión o por lo menos, de la situación.

- **Miedo real:** es en el que te juegas la vida. Estás en peligro. Es adaptativo, porque tus conductas tienen efecto, lo estás viendo y actúas, ya sea porque te van a atacar, tu negocio peligra, tu empleo está en juego. Entonces te enfrentas y buscas soluciones. Estas formas de comportamiento, reducen el estrés, porque ves cómo el peligro se aleja y aceptas tu realidad. O todo sigue igual que antes, o ha cambiado, por consiguiente, te adaptas.

El estrés ha sido temporal, te ha servido de motor para actuar y decidir qué hacer. En este caso el miedo ha sido bueno, lo has sabido controlar y limitar en el tiempo. Te ha servido de motivación para actuar.

- **Miedo irreal:** está fundamentado en el catastrofismo y en la imaginación, proviene de tus pensamientos y te crean angustia e inseguridad, porque no sabes lo que pasará. Te crea incertidumbre, es no adaptativo, porque por mucho que hagas, tu estado anímico no cambia, en todo caso empeora.

Este pensamiento, te lleva a tener un comportamiento no productivo y a cometer errores no calculados, actúas por la emoción del momento.

No piensas en las consecuencias a largo plazo, te dejas llevar por el ahora y aquí, no usas la parte racional. No estás viendo el problema, te lo estás imaginando. Igualmente, hay que saber, que los seres humanos compartimos 3 miedos.

1 – a lo desconocido
2 – a la muerte
3 – a la soledad forzosa

Lo explicaré desde la biología, para que se entienda mejor.

El cerebro se divide en tres subcerebros:

a) el reptiliano, que es la parte más antigua.

b) el racional, también denominado neocortex. Es el que razona las situaciones, procesa las emociones y les da un sentido de peligro o no.

c) el límbico, es el emocional. Nos hace imaginar, interpretar y sentir las emociones, luego las procesa y controla la conducta. Está relacionado con la supervivencia de uno mismo. Distingue entre lo que es agradable y lo desagradable. Está compuesto por un conjunto de estructuras, como la amígdala y el hipocampo, entre otras.

- **El hipocampo:** se encarga de almacenar la información a largo plazo. Todo lo que vamos aprendiendo, se va introduciendo en él. Su relación con las emociones, es esencial, ya que recordamos mejor los sucesos que tienen un vínculo emocional fuerte, ya sea bueno o malo. También influye en la memoria asociativa, esto es, cuando no entiendo algo en una situación concreta, busco en la información que ya poseo, para crear nuevas asociaciones y darle un sentido, transformo lo desconocido en conocido.

Cuando nos lesionamos esta zona, somos incapaces de generar nuevos recuerdos, pero sin dañar los que ya tenemos (amnesia anterógrada).

- **La amígdala:** por su parte, mantiene el equilibrio fisiológico del organismo, regula la temperatura interna del cuerpo, equilibra la presión sanguínea, el ritmo cardiaco y el nivel de azúcar. Es la encargada de gestionar las emociones. En ella, se almacenan las emociones básicas que he mencionado anteriormente.

Hay un estudio, donde se inhabilita la amígdala a unos monos y estos al ver una serpiente, como no sienten miedo, no se alejan y esta, les acaba picando. Sin embargo, a otros monos, se les estimula y aunque no haya ningún peligro, se comportan como si estuvieran acorralados. Están en señal de alarma. Esto es lo que vendría a ser la ansiedad, el miedo a tener miedo y a sufrir por ello.

También, es la encargada de que actuemos por reflejos, sin pensar, por simple supervivencia. Primero sentimos y luego pensamos, porque toda la información, pasa primero por ella y posteriormente accede a la corteza cerebral.

Para que lo entiendas mejor, te pongo un ejemplo, donde se explica bien la conducta del miedo irreal.

Síndrome de la cabaña: es el rechazo a mantener relaciones sociales. La persona, se ha acostumbrado a una rutina determinada y no quiere alterar su paz. Aparece después de un aislamiento forzoso de larga duración (más de 30 días). La persona, no es capaz de salir de su casa o barrio, es decir, de su zona de confort. Tiene miedo al miedo, a sufrir un ataque de pánico y a no tener cerca un centro médico que la pueda atender.

Su hogar se ha convertido en su castillo, cuatro muros donde nada malo puede pasar. Esto, se debe a que los seres humanos, tenemos la capacidad de adaptarnos a cualquier circunstancia, lo importante es sobrevivir, aunque sea perdiendo la libertad de movimiento.

Este síndrome, puede ser causado por varios motivos diferentes, como pueden ser, el ingreso en prisión, por trabajar en zonas aisladas de la población, por padecer un secuestro, por una pandemia, etc.

¡El miedo es una emoción paralizante!

Con la finalidad de dejar claro el tema, te expongo otro ejemplo donde se refleja una conducta parecida, el de la prisión. En muchas ocasiones, cuando un preso cumple su condena y tiene que abandonar la prisión, sufre de ansiedad, tiene miedo a vivir en libertad, será una nueva vida, sin sus amigos y rutinas diarias, las tiene que dejar atrás.

El ser humano, es un animal de hábitos y cambiarlos, a veces, es muy difícil. En ocasiones, ya no es miedo a la reinserción social, sino, a convivir con otras reglas. Las de la cárcel, dejan de tener efecto y hay que adquirir otras nuevas, allí dentro, el preso tenía un rol y una jerarquía que respetar.

No era necesario tener iniciativa propia, sólo con seguir las normas establecidas, tenía-la vida solucionada. Se ha convertido en un ser dependiente de su ambiente, sin capacidad de decisión. Con este ejemplo, entenderás porque tanta gente, no puede vivir sin pareja. Le temen a la soledad, a la libertad, son incapaces de tomar decisiones, dudan constantemente.

En definitiva, viendo cómo nos puede perjudicar esta emoción, es de suma importancia el tipo de actitud que tengamos. Si es proactiva o reactiva. Teniendo la primera, pocas cosas te afectarán, porque eres tú, quien decide qué y cómo te afectan. En cuanto empieza el día, decides cómo interpretarás y encajarás las críticas o los halagos de los demás.

Sin embargo, con la reactiva, te dejarás llevar por el estado anímico, que estés teniendo en ese preciso momento. Te pongo un ejemplo para que me entiendas mejor.

La entrevista de trabajo: mañana tienes una entrevista de trabajo, a las 10h00 de la mañana y a las 13h00, has quedado para comer con tu pareja. Sea cual sea el resultado de la entrevista, no permitirás que altere tu estado anímico. Eres consciente que puede perjudicar a tu cita. Ya tendrás tiempo más delante, de analizar qué ha sucedido y cómo mejorarlo, por consiguiente, seguramente te van a juzgar de pasota e inconsciente, que todo te da igual y que vives en las nubes.

No tienen en cuenta, que tu forma de actuar es el resultado de horas de razonamiento y cálculo de variables independientes. Si actúas de tal forma, sucede tal cosa y si lo haces de otra forma, el resultado es otro. Las críticas, nos caen cuando nuestra forma de pensar o comportamiento se alejan de lo común. De hecho, te voy a hablar un poco más sobre la actitud reactiva.

Actitud reactiva: la persona se mueve por emociones, no por razonamiento, es impulsiva, pierde el control y es incapaz de parar una vez ha empezado. Sólo piensa en la satisfacción inmediata, no calcula las consecuencias a largo plazo. Esta falta de control, se traduce en no respetar los límites sociales y en rebajar su tolerancia al estrés, en cuanto algo no sale como se espera, se altera. Pasado un tiempo, si la situación no mejora, llega la frustración y con ella los sentimientos de culpa y de vergüenza, degradando la autoestima. En consecuencia, deja de planificar y actúa según vengan los sucesos, es decir, se ha vuelto desorganizada.

Por si fuera poco, te voy hablar de un trastorno relacionado con esta actitud. La Cleptomanía. Ser juzgado por robar.

Cleptomanía: impulso incontrolado de apropiarse de objetos ajenos, dichos objetos no tienen valor económico, ni emocional. No se roba para luego revender o guardarlos, tampoco se busca una recompensa económica, ni perjudicar a nadie, se hace para rebajar la adrenalina del momento. Es ser adicto a la sensación de ser atrapado en el acto.

Un ejemplo sería, robar comida para peces, sin tener peces. Otro ejemplo también sería, robar artículos de maquillaje, cuando la persona nunca se maquilla.

Por consiguiente, ya que he descrito las consecuencias negativas que conlleva la falta de control emocional, voy a escribir un poco sobre cómo controlarlas. Cuando tienes argumentos para defender tu conducta, ganas respeto, reflejas conocimiento y eso inhabilita a la crítica destructiva y deja vía libre a la constructiva.

El proceso, se compone de dos partes: entender el significado de las emociones, para así reconocerlas y aprender a encajar las críticas. Es lo que viene siendo la *"acción – reacción"*. Según lo que interpretamos, así nos comportamos.

1) ¿Qué significan para ti estas palabras? – Tristeza – Enfado – Rabia – Amargura – Rencor – Miedo – Indiferencia – Alegría –

Una vez que les des un significado, elige una o varias de entre ellas y describe tu estado emocional actual. ¿Tienes miedo y por eso estás amargado/a? – ¿Estás enfadado/a y por eso eres indiferente con la persona que amas? Y así con todas.

2) Aprender a encajar las críticas, es entender que la otra persona está dando su visión de los hechos, de manera que no tiene por qué ser cierto. No todos le damos el mismo valor a las cosas o capacidades. Con lo cual, si no quieres entrar en conflictos o discusiones estériles, siempre puedes contestar:

– Esa es tu opinión, tu forma de ver las cosas, pero no la mía – La respeto, pero no la comparto – ¿En qué te basas para sacar esas conclusiones? –

Ahora que ya sabes cómo funciona el miedo, te voy a explicar su parte opuesta. La soberbia. Lo hago desde el racismo. La crítica por ser diferente, por no compartir los mismos rasgos.

- **El racismo:** significa discriminar por diferencias biológicas. El sujeto o grupo racista, se cree superior a la otra parte, tiene aires de grandeza. Con esta definición que expongo, entenderás, que si tienes prejuicios contra las personas que no comparten tus mismos rasgos físicos o el lugar de procedencia, el problema es tuyo, no de la sociedad.

Te crees superior a los demás, por unos factores genéticos, que te han venido dados y los usas para justificar tu poder sobre los que son diferentes a ti. Según en qué parte del mundo residas, preferirás el color de piel claro u oscuro, igual que para el color de pelo. Careces de argumentos científicos para justificar y apoyar tus pensamientos y menos aún, tu conducta discriminatoria hacia los demás.

Menosprecias los beneficios que supone vivir en una sociedad multicultural, entre ellos, entender y hablar varios idiomas, las ventajas de poder comunicarte verbalmente con personas de cualquier parte del mundo.

Debido a estas creencias, en cuanto ves a alguien con esas características, lo juzgas y le recriminas cualquier aspecto negativo que puedas tener sobre dicho estereotipo. Te estás dejando llevar por los sesgos cognitivos, concretamente por dos.

El de afirmación, y el de pertenencia. Con ellos estás reforzando tus creencias para justificar tu comportamiento. Ciertamente, el racismo se basa en tres conceptos. Los estereotipos, los prejuicios y los sesgos cognitivos.

Estereotipos: son apreciaciones simplificadas y poco detalladas, sobre alguien o sobre un grupo de personas que comparten ciertas características. Se usan para juzgar en el menor tiempo posible, a cualquiera que las comparta, omitiendo cualquier otra diferencia. Se le atribuyen los mismos conceptos, cualidades, virtudes o defectos.

Es una forma de ahorrar tiempo para saber si alguien nos caerá bien, mal o nos será indiferente. Es a causa de ellos, que juzgamos y al mismo tiempo somos juzgados por la sociedad. La persona o grupo que te critica, lo está haciendo desde sus creencias. Está viendo que la información que reflejas, no es coherente con su visión del mundo, escapa a sus paradigmas, no encaja en ellos. No juzga a tu persona, sino, al estereotipo en el que te ha encuadrado.

Lamentablemente, es algo común en las entrevistas de trabajo. Según nuestro país de origen o aspecto físico, superaremos la primera vuelta o no. La persona encargada del proceso de selección, se regirá por sus creencias, hará un prejuicio sobre nosotros, porque ha exagerado, afirmado y repetido muchas veces, los conceptos negativos que tiene en relación al estereotipo. Te dejo un ejemplo para que veas el daño que pueden llegar a causar.

El maltrato al hombre: debido a que somos una sociedad patriarca, se da por hecho, que el hombre no sufre de ningún tipo de maltrato, ni físico, ni psicológico. Es un problema cultural, porque ya desde pequeños, nos inculcan que simplemente por ser del género masculino, somos los machos y como tal, no podemos mostrar debilidad alguna.

No debemos llorar y mucho menos, hacerlo delante de una niña. Es más, si en alguna ocasión hemos llorado, nuestros propios padres nos decían, – No llores, eso es de niñas – Tú eres el hombre, tienes que dar ejemplo –

Y a las chicas, se les inculca que deben ser tiernas, educadas y siempre ir bien vestidas. Igual que un chico puede llevar la ropa rota o un poco sucia, la chica no, ella tiene que ser una princesa, no una guerrera. Socialmente se cree, que la mujer es dócil y tierna por naturaleza, que no es agresiva, ni malvada, como puede serlo el hombre.

Es decir, que no es capaz de golpear, ni cometer un crimen. Dicho esto, dejar claro que el maltrato nunca está justificado, venga de quien venga. Pero, hay que reconocer que la violencia siempre ha existido, es un arma usada para sobrevivir o para ejercer el poder sobre alguien, para tener el control.

Se puede hacer de dos formas diferentes, usando la fuerza física o la psicológica y tanto hombres como mujeres desean ambas cosas. El poder y el control. Luego está la frustración personal. Muchas veces para afrontarla, se recurre a la agresión.

Sucede cuando la persona no tiene herramientas mentales, no sabe discutir, dialogar, ni razonar, es incapaz de expresar sus sentimientos y no encuentra otra forma de hacerlo. Es una forma rápida de imponerse y al mismo tiempo, es una vía de escape de energía. La persona expulsa toda su rabia contra la otra.

Esa rabia no tiene que ser siempre física, también puede ser psicológica. Esta segunda opción, es peor a largo plazo, porque los daños cognitivos sufridos, pueden llegar a ser irreparables.

La rabia, se puede expresar con amenazas, insultos, chantajes, menosprecios en público, etc. Según el rival y el momento, se usará una forma u otra. Golpeará a su víctima o la hundirá en el miedo y la depresión.

Con la segunda manera de actuar, se consigue que la persona se sienta indefensa y adquiera complejos de inferioridad, se sienta inútil y no quiera saber nada de la sociedad. Se vuelve desconfiada y se aísla en su mundo.

Por suerte, la ciencia ha demostrado, que no hay diferencias entre géneros sexuales, cuando se trata de sobrevivir, los dos son capaces de utilizar la violencia. A la vista está, que todos los niños pequeños, de entre un año y tres, son agresivos, mordisquean y pegan patadas.

No hay diferencias entre sexos, es la educación recibida en casa y en la escuela, quien marcará las diferencias, según qué herramientas mentales se enseñen. Estoy hablando de la inteligencia emocional. La capacidad de gestionar las emociones y saber expresarlas.

Cada pareja es un mundo y cada hombre es diferente. Según sus ingresos económicos, estatus social o personalidad, le afectará una cosa u otra. Si tiene una buena autoestima, los insultos y los menosprecios, no le afectaran en absoluto, pero el factor económico, sí puede hacerlo.

Sin embargo, si la parte financiera no es un problema, quizás si le afecte el menosprecio o la indiferencia y así para cada caso. Debido a las creencias sobre el rol del hombre, este siente vergüenza de su situación y se encuentra imposibilitado, para comentar nada y menos aún, denunciar a la parte agresora.

Nuestra sociedad no concibe la agresión de forma bidireccional, la contempla como lineal, del hombre hacia la mujer. Por eso, cuando ella es la maltratada, al hombre se le etiqueta de machista y cobarde, sin embargo, cuando el maltratado es él, se dice que ella, tendría sus motivos o que es valiente por haberse defendido. Se asocia su conducta, con la defensa y no con la agresión.

Se entiende que ella es pasiva, sólo actúa para defenderse y sin embargo él, es agresivo. Así van pasando los años y cuando llegamos a la adolescencia, nos damos cuenta del error de los estereotipos, vemos a chicas practicando artes marciales, que golpean más fuerte que la mayoría de hombres sedentarios.

Vamos creciendo y nos encontramos con mujeres que son policías, médicos, ingenieras, profesoras, dentistas, camareras, camioneras, etc. Es decir, igual que un hombre. Entonces, si tienen la misma capacidad cognitiva para ejercer los mismos oficios, – ¿Por qué no iban a ser igual de agresivas? – ¿Por qué no iban a usar la violencia para conseguir el poder o gestionar su frustración? ¡Ambos somos seres humanos!

Ya has visto cómo nos influyen los estereotipos, pues los prejuicios van justo detrás.

Prejuicios: como ya dice su propio nombre, es juzgar antes de conocer. Se fundamente en los estereotipos. Supone una actitud negativa hacia la otra persona, por el simple hecho de pertenecer al estereotipo. Estos, igual que los juicios, surgen por cualquier disonancia personal. Pueden ser por nuestra forma de vestir, el color de piel, el lugar de procedencia, de residencia o simplemente por formar parte de un grupo en concreto.

Por ejemplo, según de qué partido político sea una persona, se le atribuyen unas características u otras, así, sin más. También, según el color de pelo, o la orientación sexual de cada uno, se le asignan virtudes o defectos. Esto sucede por el efecto halo.

Generalizamos la información obtenida de una única faceta. Se interpreta por asociación lineal. Si A, entonces B.

Si un adolescente viste siempre de negro, lo más probable es que lo juzguemos de góticos (dark) y que le gusta el heavy metal, sin embargo, si es un adulto de mediana edad, lo más probable es que pensemos que lo hace para estilizar su aspecto físico.

Porque según dicen por ahí, el color negro nos hace parecer más delgados. Descartamos cualquier otro motivo, para extraer nuestras conclusiones. Estamos usando el método inductivo, en vez del deductivo.

El primero parte de lo particular a lo general y el segundo, es justo lo contrario, parte de lo general a lo particular. Como verás, el inductivo generaliza cualquier situación o aspecto.

Un ejemplo válido para explicar esta metodología, es el estereotipo del mendigo. Más adelante lo expongo, ahora, mejor te hablo del efecto Halo.

Efecto halo: si una persona u objeto tiene un impacto visual, tendemos a añadirle atributos o exagerar capacidades. En algunas ocasiones serán positivos y en otras, serán negativos. Hacemos una asociación lineal, como he dicho antes, interpretamos que Si A, entonces B.

Juzgamos de forma generalizada, partiendo de una sola característica o cualidad. Se interpreta, que si una persona es guapa o elegante, también será inteligente o si es arrogante, tendrá una personalidad dominante.

Sucede algo parecido, cuando vamos de compras y vemos dos productos parecidos, pero con precios diferentes, se tiende a pensar que el más caro, es de mejor calidad. Los publicistas son conscientes de este efecto y lo usan a su favor, asocian la imagen de alguien en concreto, con el producto que pretenden vender.

Saben, que la valoración positiva de una característica eleva las negativas o indiferentes. Si el personaje famoso es un tipo musculado y guapo, asociamos el producto que promociona con esas mismas características, algo fuerte, de carácter y viril.

Ocurre igual con la imagen de una mujer guapa, sin arrugas y con aspecto feliz, asociamos ese producto con eso mismo, algo que nos hará sentirnos alegres y felices. – ¡Lo necesito, lo compro! –

Estamos juzgando positivamente el producto, en relación a la imagen difundida por el personaje, le estamos atribuyendo las características personales de la persona en cuestión, ser guapa, alegre, empática, inteligente, tener un cuerpo atlético, delgado, etc. Sucede lo mismo en el juego de la seducción, vemos a la persona deseada y le atribuimos adjetivos y virtudes que sólo están en nuestra mente.

Debido a esto, muchas relaciones terminan al poco tiempo de empezar, no es la persona que pensábamos y no es que la otra parte nos haya engañado, sino, que nuestras expectativas eran erróneas. Según su personalidad y forma de vestir, nos imaginamos que debe ser de una forma u otra, tenemos idealizado un estereotipo o prototipo de persona y lo proyectamos en los demás.

Sabiendo esto, comprenderás la típica frase que dice: – La primera impresión es la que cuenta –

Ahora entenderás, porque cuando vamos a una entrevista de trabajo o tenemos nuestra primera cita con la persona amada, nos arreglamos según la ocasión. Tenemos la certeza de la afirmación anterior, pero sin tener en cuenta la opinión de la otra parte, acerca del estereotipo al cual representamos.

Si la persona que te entrevista odia cierta religión y tú la practicas, automáticamente ya no eres de su agrado. En cuanto percibimos el estereotipo reaccionamos sin pensar, igual que en la primera cita. Si la otra persona, tiene ciertos prejuicios sobre el estereotipo al cual pertenecemos, será difícil por su parte, tener una segunda cita. Para que lo entiendas mejor te expongo el ejemplo del mendigo.

El mendigo: si creo que un mendigo roba, en cuanto vea uno, me alejaré de él, no me pararé a pensar de dónde he sacado esa información y ni si es cierta. Estoy haciendo uso del pensamiento reproductivo, en vez de usar el productivo.

Pensamiento reproductivo y pensamiento productivo: en el primero, tenemos la información en la memoria, pero no la ordenamos, no le buscamos un sentido a la situación, simplemente nos dejamos llevar. Sin embargo, en el segundo, analizamos la situación y hacemos uso de la estadística, para confirmar o rechazar nuestras conclusiones. En este caso es el miedo.

En el ejemplo del mendigo, veríamos que no conocemos muchos o incluso ninguno y de los que hemos visto en televisión o por las calles, sólo roban unos cuantos. Quizás el 2%, eso viene siendo 200 de cada 10.000. Esta cifra demuestra, que no son peligrosos y no tenemos porqué alejarnos de ellos.

Hemos cometido el error de usar el método inductivo, en vez del deductivo. Es una forma de razonar muy eficaz, pero mal usada, crea errores de interpretación. Asimismo, las deducciones se hacen de dos formas, usando el proceso algorítmico y el heurístico. Ambos son igual de efectivos, sólo que el primero, requiere de más tiempo y energía.

Si tenemos en cuenta, que nuestra mente es de recursos limitados, le beneficia disponer de herramientas para procesar de un modo rápido, la información, sólo que, debido a esa rapidez, en ocasiones se omite información de suma importancia, para hacer un juicio verídico. Es lo que he mencionado más arriba. Los sesgos cognitivos.

Pues entre ellos y los heurísticos, muchas veces interpretamos mal los datos. La mente funciona como un ordenador, sigue su misma analogía, un input, un proceso y una respuesta. Es la triada de la mente, un pensamiento, una emoción y una conducta.

Los sentidos, son los encargados de introducir la información, para que ella la procese y saque sus conclusiones. Es decir, veo una situación, pienso sobre ella, eso me produce una emoción y reacciono.

Proceso algorítmico: se usa la información por completo, de esta forma, no hay opción al error, acertamos seguro, ya que es un proceso exhaustivo y consideramos todas las opciones. Sin embargo, nos lleva demasiado tiempo, no siempre disponemos del suficiente, para elegir una opción.

Proceso heurístico (atajo): se exploran las mejores alternativas posibles, se usan atajos para acortar camino cuando hay demasiada información que analizar. Son ideas aproximadas, pero suficientemente generales, no se garantiza la respuesta correcta, pero se ahorra mucho tiempo. Es una forma de resumir toda la información disponible y se selecciona la más importante en ese momento.

Te expongo un ejemplo, para que se entienda mejor.

Viaje con amigos: te vas de viaje con amigos y una vez en el hotel, cada uno os alojáis, en una habitación diferente. Uno de ellos, te comentó que tiene preferencia por los números pares. En el momento de la cena, estáis todos en el restaurante, menos él. Te preocupas y decides salir a buscarlo.

Para ahorrar tiempo, usarás el proceso heurístico. Empezarás buscando en las habitaciones de número par, para no tener que ir habitación por habitación. Ahora, juntamos el efecto Halo, con el proceso heurístico y entenderás, por qué tanta gente es engañada en internet, sobre todo, en las redes sociales. Por qué se enamoran de perfiles falsos y se acaban arruinando económicamente.

Es un gran error, juzgar a alguien por la forma de interactuar, por las fotos que comparte y/o comentarios que escribe. Si son de nuestro agrado, le atribuimos unas virtudes, pero si no lo son, lo juzgamos de forma negativa e incluso a veces, de forma despectiva.

Podemos llegar a destrozarlo anímicamente. Además, como estamos en modo anonimato, nos sentimos con el derecho de hacerlo, simplemente por estar frente a una pantalla y no mantener contacto físico con la otra parte, defendemos nuestra postura, alegando que somos libres de opinar, y no tenemos en cuenta las circunstancias por las que pueda estar pasando la otra persona.

No obstante, también se puede fingir ser alguien diferente, en ocasiones, se publican fotos o se escriben comentarios, para convencer a los demás, que se forma parte de un estereotipo en concreto.

Hay muchos motivos para actuar de este modo, pero todo lo que no sea por negocio, es decir, para conseguir clientes o vender productos, demuestra una incoherencia total con la alegría de vivir. Sólo se busca obtener mejores críticas, para aumentar la autoestima. En este caso en particular y que por desgracia es el más común, la persona está buscando ser juzgada de forma positiva por la sociedad.

Está buscando ser reconocida por unos valores superficiales e inexistentes, pero, que en ese momento de su vida son su todo, son sus motivos para seguir adelante. Como he dicho antes, nadie conoce las circunstancias de los demás, es una forma de pedir ayuda. Está ahogándose en su estilo de vida, en sus problemas personales y no sabe o no tiene otra forma de afrontarlos.

La vida en las redes sociales es muy limitada, aunque parezca todo lo contrario, sólo estamos nosotros y el aparato electrónico, somos un binomio, una pareja. Según en qué redes sociales interactuemos, parece que tengamos miles de amigos, pero raramente conocemos en persona a más del 20%. Justamente, el hecho de no conocer a muchos amigos, también es un factor a tener en cuenta.

Es exactamente lo que le ocurrió a Zaira, una mujer de 32 años, que tiene una hija de 10 años y actualmente es madre soltera.

Madre soltera: me separé del padre, al poco tiempo de nacer la niña. Me dejé llevar por los estereotipos e idealicé a ese hombre, nos conocimos en las redes sociales y me cameló. Colgaba fotos de sus viajes y hacía buenos escritos, siempre aparecía con una sonrisa en la cara. Eso es lo que más me gustó de él, se le veía alguien muy optimista.

No fue hasta el año de estar juntos, que me di cuenta de la farsa, su vida era una mentira. Era un hombre amargado y lleno de complejos, se comparaba con todo el mundo, sólo para recalcar que su vida era mejor.

Las fotos eran retocadas con photoshop, las sacaba de internet y se añadía él. Los escritos eran copiados de otras personas, de esto último, debo decir, que me di cuenta al poco tiempo de salir con él. No era tan culto e inteligente como se reflejaba en las redes sociales, tenía un vocabulario bastante básico y además era mal hablado, pero no le di demasiada importancia. – ¡Cosas del amor! –

No tuve en cuenta que somos lo que reflejamos con nuestras conductas, no con nuestras palabras. No es lo mismo, decir que practicas deporte, que practicarlo. Fue un gran error, porque durante los 12 meses que estuvimos juntos, no hizo ningún viaje, ni siquiera una escapada de fin de semana.

Pero claro, para entonces ya me había quedado embarazada. Estaba de 5 meses y decidí aguantar un poco más, para ver si estaba en lo cierto o eran cosas mías, por mis cambios de humor, debidos al embarazo.

Mis padres y amigos, me tacharon de ingenua e irresponsable, no entendían cómo me pude dejar engatusar de ese modo. Pero, para sintetizar la historia, tienes que saber, que mi estado emocional no estaba del todo bien.

Me sentía sola, abrumada y tediosa. Iban transcurriendo las semanas y todas las veía igual. Aun teniendo bastantes amigos, tenía un gran vacío interior y ese chico, supuestamente, me ofrecía alegría y una vida llena de aventuras, la mía era bastante aburrida.

– No sé cómo será la tuya, pero una forma de saberlo, es preguntándote qué has hecho en los últimos tres años – Ahí encontrarás la respuesta –

Ten presente, que la vida es limitada en el tiempo y por eso mismo, hay que disfrutar de ella. Si por alguna razón, no es el caso, tenemos la opción de aprender la lección y cambiar la situación.

Precisamente, eso es lo que hice yo, cambiar de actitud, me volví proactiva y decidí cambiar el rumbo de mi vida. Hasta ese momento, mi rutina semanal, era salir de casa sólo para ir a trabajar.

El sábado por la mañana, lo dedicaba a hacer las compras y el resto del fin de semana, lo dedicaba a limpiar y ordenar la casa. Como verás, era una vida muy limitada, pero no me juzgues, cuando conozcas mi historia, entenderás por qué era de esa forma.

Mi historia: somos tres hermanos y yo soy la mayor, desde que cumplí los 8 años, me obligaron a hacerme cargo de mis hermanos. Mi padre perdió el trabajo, entró en depresión, sólo salía de su habitación para alimentarse e ir al baño. Por otra parte, mi madre, debido a la situación económica sufrida en casa, tenía que trabajar de sol a sol. Sólo contábamos con su ingreso para subsistir.

Me privaron de la infancia, desde entonces, me he comportado como una mujer adulta, más bien, como una ama de casa. Encargarme del hogar, preparar la comida para la familia y preocuparme de mis hermanos, que no les faltara de nada. Tenía que encargarme de despertarlos y prepararles el desayuno, mi madre se iba temprano de casa y no podía hacerlo ella.

Con el paso del tiempo he ido internalizando el rol y gracias a haber cambiado de actitud, he podido dejar atrás el estereotipo de ama de casa. Si no lo hubiera hecho, a día de hoy todavía me comportaría igual y lo hubiera generalizado en todos los ámbitos de mi vida, en el laboral, familiar y entre amigos.

En cuanto alguien me pedía un favor, era incapaz de negarme y eso me generaba estrés, porque en muchas ocasiones, dejaba mis placeres de lado, para complacer los de los demás. Tenía la mente saturada de tantas preocupaciones, es lo que se denomina la mochila emocional.

La mochila emocional (sentirse indispensable): lo haces básicamente por dos motivos: el primero, porque eres el hermano/a mayor y tus padres han delegado en ti, la responsabilidad del cuidado de sus otros hijos. Tu cruz empezó el día que nació tu hermano/a, desde ese momento dejaste de ser niño/a para convertirte en adulto. Ya no se te permitía llorar ni cometer errores, debías ser el ejemplo a seguir por tu hermano/a.

Lamentablemente, es un error que comenten muchos padres, está muy bien cuidar de los hermanos, pero durante unas horas al día, no todo el tiempo, esa labor es de los padres. Luego, a medida que vas creciendo, dejas de lado tus aficiones para centrarte en las de tus hermanos.

Para que no les falte de nada, aunque tengas 17 años, te sientes en la obligación de hacerlo, aunque ya nadie te lo diga, has adquirido el rol de padre/madre. Además, a base de ser tan exigente contigo mismo/a, te has vuelto perfeccionista y no toleras la frustración, eres rígido en tu forma de pensar y no aceptas las críticas de nadie. ¡Aquí mando yo y se hace a mi manera!

Luego, el segundo motivo es totalmente diferente al anterior. Seguramente, en algún momento de tu vida (entre los 35 y los 45 años), has adquirido miedos y estos condicionan tu comportamiento. Ahora sientes la necesidad de ser el protector de los tuyos, para que no les suceda nada malo, has adquirido el rol de supermán/woman.

Si analizas tu vida, verás que te gusta demasiado el orden, igual que en el primer caso, te gusta la limpieza y un cierto orden, en este, vas al extremo, es casi una obsesión. Te dejas llevar por el miedo a equivocarte y a recibir críticas (no las soportas, te recuerdan que eres incompetente). Por suerte, a pesar de ser tan estricto/a, esa forma de pensar no es irreversible.

Se puede modificar y para ello, te dejo un par de fórmulas. Antes de nada, ten presente que a la vida venimos solos y nos vamos solos. Esto quiere decir, que una familia es como un equipo de fútbol, así que, si tú eres el portero, no hagas la función del delantero.

Te recuerdo que la vida, es una suma de momentos y si la tuya está compuesta sólo de malos, ya es hora de restarlos y sumar algunos buenos. La primera fórmula, es la independencia del ser humano, somos individuos que vivimos en sociedad, esto significa que todos debemos colaborar para que esta funcione.

Cambia de rol, debes escoger uno diferente, para cada faceta de tu vida, en el trabajo, en casa, con los amigos, etc. Elige el que menor esfuerzo te exija y acomódate en él, nadie va a reprocharte nada, porque todos esperan esa misma conducta.

Es decir, si adquieres el rol de vago, los demás verán normal que no hagas nada y que no quieras responsabilidades. Lo más adecuado para empezar, es que escojas el rol de buen amigo, es el que te escucha siempre, pero no le afectan tus problemas.

Para que me entiendas, si tu hijo suspende un examen, no te enfades con él, ni te sientas culpable por ello, asiente y asume que es su futuro el que está en juego, no el tuyo.

Tu única responsabilidad, es recordarle que tiene que colaborar en casa y respetarte, así que una vez haya hecho sus tareas del hogar, date por satisfecho/a, eres un buen padre o una buena madre. Si tus hermanos no quieren comer o no quieren bañarse, más de lo mismo, les pides que lo hagan y si no quieren, no pasa nada, el problema es de ellos.

Tú, preocúpate por tu bienestar, aliméntate y aséate, de esta forma, estás demostrando que sabes distinguir entre tú y los demás. Primero vas tú y luego el resto del planeta, porque si no tienes, no puedes dar. Imagínate que enfermas. – ¡Poca cosa podrás ofrecer a la sociedad! –

Sin embargo, cuando tienes, puedes ofrecer. Por otro lado, somos individuos viviendo en sociedad, no individuos aislados. También, cuando tu pareja no sepa hacer algo, ayúdala, pero no lo hagas tú, le enseñas cómo se hace y así la próxima vez, lo hará ella.

Con esta forma de comportamiento, estás marcando un respeto, estás demostrando que tu tiempo es tuyo y no te importa compartirlo, pero que cada uno se haga cargo de las consecuencias de sus conductas.

Como he dicho antes, si en el equipo de fútbol eres el portero, por muy bueno que seas, si los demás no marcan goles, el equipo nunca pasará del empate.

– Te has fijado que hablo de un equipo, ¿verdad? –

Porque tu familia es eso, un equipo y tú eres el entrenador, no el presidente. Eso significa, que tienes que educarlos, darles obligaciones y derechos y sobre todo, hacerte respetar.

Tienen que sentir que eres independiente y que haces las cosas porque los amas, no porque sea tu obligación. Actuando de esta forma, tu mente tiene el control y se aleja de la ansiedad, del mismo modo, que estarás reflejando calma y seriedad, los demás estarán viendo a alguien responsable.

Volviendo a mi historia, el caso es, que el chico me vendió la moto, me conquistó con mentiras y halagos. Yo reflejaba unas necesidades y él sacó tajada de la situación, yo entiendo que se aprovechó de mí, de mi inocencia, pero es que, a mi modo de ver, una relación empieza, porque, nos aporta algún beneficio a ambos.

Puede ser emocional, sexual, económico, estatus social, material, etc. Estoy buscando algo y tú me lo ofreces y por tu parte, también estás buscando algo y yo te lo ofrezco. Es bidireccional.

Nos hemos elegido mutuamente, somos conscientes que encontrar estas virtudes o posesiones en otra persona, sería bastante más complicado. Es lo que viene a ser, el arte de la negociación, de la persuasión, de saber conquistar a tu amado/a.

Para concluir la historia, he llegado a la conclusión que ese chico es mitómano. Es su forma de enfrentarse a la vida, se la inventa y la va moldeando según van pasando los días.

La mitomanía, (ser juzgado de mentiroso): es mentir para evadir la realidad. La persona, tiene la necesidad de crear o modificar hechos que no han sucedido. No lo hace de forma premeditada, es por impulso, surge en el momento y se deja llevar, no lo controla, pero tiene su motivo.

Es su forma de enfrentarse a los actos diarios y la ha aprendido a base de ensayo-error, ha visto que mentir le aporta beneficios inmediatos.

– ¿Para qué enfrentarse a los contratiempos, si mintiendo se pueden solventar? –

Es su forma de pensar, es una conducta que se adquiere en la infancia, alrededor de los 10 años. El menor, se percata que cada vez que tiene un problema o un objetivo a conseguir, si miente lo solventa. Si ha hecho una travesura y su madre o padre, van a imponerle un castigo, miente para justificarse, igualmente, con el objetivo a conseguir.

Si tiene que hacer los deberes y a base de inventarse excusas, queda impune, sale reforzado de la experiencia. Van pasando los años y la conducta va calando en su modo de vida, gira en torno a la mentira, evita enfrentarse a las situaciones. – ¡Si no las veo, no existen! –

Lamentablemente, las consecuencias a largo plazo, son el rechazo social, su círculo más cercano deja de confiar en él, por consiguiente, las redes sociales, son su lugar preferido y se acaba convirtiendo en su hábitat natural. Se mueve como pez en el agua, ahí no lo conocen y puede inventarse las historias que quiera, e incluso, llevar una doble vida, si así lo desea.

Si en alguna ocasión, alguien se percata de la mentira y se lo reprocha, nunca lo reconocerá, siempre encontrará alguna explicación. Dicho esto, actualmente, también es el lugar idóneo y preferido por los medios de comunicación, para difundir un rumor.

Rumor: cualquier afirmación no verídica, pero, que se difunde como si lo fuera. No confundir con el chisme, este se refiere a conversaciones causales o espontáneas, no se busca nada en concreto, simplemente hablar por hablar. Por su parte, en el rumor, se busca dañar o perturbar el bienestar de un tercero. Puede ser una persona, una empresa, una sociedad, una comunidad, etc.

Si tienes intención de crear uno, ten en cuenta que una vez difundido, no podrás controlar el alcance deseado. En muchas ocasiones, durante su recorrido, la información contenida, se distorsiona y acaba siendo totalmente diferente a la original. De ahí, que antes de empezar, tengas en cuenta lo que buscas.

Su forma de expansión es por terceros, la persona que lo crea, se lo transmite a alguien más y esta se encarga de su difusión. Lo hará mediante los medios de comunicación, las redes sociales y/o la interacción verbal, si bien, no cualquier información se convierte en rumor, para que esto suceda, tiene que tener ciertas características.

a) - Que dicha información, sea interesante o importante, para la comunidad donde queremos instaurarlo. Cuanta más ansiedad y/o miedo genere, más ganas tendrá la gente de compartirlo entre los suyos, será como una necesidad el tener que difundirlo.

b) - Que la información sea ambigua y sin apenas detalles, es decir, que se pueda malinterpretar o sacar varias conclusiones de ella.

Que cada persona, imagine algo diferente y lo cuente a su manera, añadiendo detalles propios. Una información, cuanto más precisa es, menos espacio deja para la imaginación.

Es una herramienta común, entre los medios de comunicación, sobre todo, en las redes sociales, donde se suele difundir información, bastante alejada de la realidad. Es el lugar idóneo, para que un rumor, se extienda tan rápido como la pólvora.

A parte de contener las dos características necesarias, tiene un gran público y muy variado, con sed de opinar sobre cualquier tema y con muchas ganas de criticar a los demás.

Vivimos en una sociedad multitarea y con un ritmo de vida vertiginoso, todo va muy rápido. La tecnología que sale hoy, en apenas un año ya está obsoleta, tenemos que adaptarnos de la noche a la mañana.

Igual sucede con los empleos, nadie tiene su puesto de trabajo asegurado, puedes llevar 20 años en una empresa y de repente, te avisan que tienes que dejarla, tus servicios ya no son necesarios. Estas circunstancias propician el efecto Dunning-Kruguer.

Efecto Dunning-Kruguer: es un error de interpretación, de nuestras propias capacidades o conocimientos. Nos sobrestimamos, creemos que sabemos más de lo que realmente sabemos. Es común en las personas con menos habilidades, capacidades o conocimientos.

En mayor o menor medida, todos opinamos sobre cualquier tema actual, pero nunca le llevaremos la contraria a alguien experto en la materia. Conocemos y somos conscientes de nuestros límites, es más, estamos encantados de poder conversar con alguien que domine el tema, nos interesa aprender.

Sin embargo, las personas que están bajo este efecto, creen saberlo todo y no se les puede rebatir nada, tienen un pensamiento rígido y absolutista, tienen la certeza, de que por ser buenos en un aspecto de su vida, lo son también en los demás, están generalizando su talento.

Por ejemplo, no por ser bueno en matemáticas, significa que tengas que serlo en geografía. Igual sucede con la contabilidad, no por ser un buen contable, significa que seas un magnate de las inversiones.

Ahora, imagínate que le añades el efecto halo, que he nombrado al principio del libro. Esta persona puede ser inculta, pero se hace suyas, las palabras que lee y oye en los medios de comunicación y además, viste de forma elegante.

Con estas características, vas a tener una visión errónea de ella, le atribuirás unos valores equivocados, cuando en realidad, es todo lo contrario, pero entra en tu estereotipo de persona inteligente y en consecuencia, la metes en el mismo saco.

Esto mismo sucede con los estafadores, impostores, vende humo, etc., estas personas, dominan el arte de la mentira y conocen muy bien el funcionamiento de los sesgos cognitivos.

Su principal estrategia, es vender resultados inmediatos y con el mínimo esfuerzo, algo que todos deseamos, dietas milagrosas; ingresos suculentos, sin tomar riesgos, si padecemos alguna patología, superarla sin medicamentos; etc. Te dejo uno muy utilizado por los impostores y farsantes.

Sesgo retrospectivo: es el más usado por los charlatanes y vende humo. Gente que asegura predecir el futuro y sin embargo, ninguno trabaja en los cuerpos de seguridad del estado. Podrían evitar muchas guerras y atentados terroristas, pero aún así, prefieren ganarse la vida de otra forma.

Es la creencia, de poder haber predicho el desenlace ocurrido. La persona te dice: – Sabía que iba a suceder. – Te lo dije –

Es pensar, que la decisión tomada en su momento no fue la más acertada. Se está analizando la situación anterior, con información actual y en consecuencia se infravaloran las decisiones tomadas.

Los vende humo y la tautología: es la metodología, que usan para justificar sus predicciones, es una fórmula, donde el resultado se puede interpretar de cualquier forma y aun así, se llega a una conclusión verdadera, sea buena o mala, siempre es acertada.

Te dejo unas frases típicas de esta forma de razonar: – Si pasa, por algo será – El cielo es azul, porque se refleja en el mar y el mar es azul, porque se refleja en el cielo – No hace frío, porque hace calor – Es guapo, porque no es feo – La felicidad, es no ser infeliz – Etc.

Son verdades redundantes, pero sin explicación. Otra forma de actuar que tienen estos sujetos, es usando la falacia AD HOC.

Falacia AD HOC: consiste, en asociar un hecho, porque ha sucedido justo después de otro, sin tener en cuenta ningún otro factor.

Por ejemplo: ayer se rompió el espejo de mi habitación y esta mañana he perdido el autobús. Por lo tanto, romper un espejo aporta mala suerte. Hace tres meses fui a un curandero y hoy mismo estoy notando mejoras, doy por sentado, que el curandero ha tenido un efecto positivo en mí.

Son hechos aislados, imposibles de generalizar, no a todos los que se nos ha roto un espejo, nos suceden desgracias. Imagínate entonces cómo debe ser trabajar en una cristalería. También, se pueden englobar aquí, los amuletos de la suerte y los rituales sagrados.

Luego, otro ejemplo de predicción, podría ser la crisis económica del año 2008. Muchos economistas, una vez ocurrido, defendían que era predecible y que ya lo veían venir.

Sin ir más lejos, unas frases típicas son: – Los tiempos pasados, fueron mejores – Nuestra infancia fue más bonita que la actual – En los años 80, se vivía mejor que ahora – Y así muchas más.

Es una forma de criticar el presente, no se acepta tal cual es y se prefiere vivir en el pasado. Este error se produce, porque como ya he dicho anteriormente, nuestra capacidad mental es limitada y una vez saturada, la nueva información que va entrando, se va solapando con la anterior y en ocasiones, la sustituye. Se crean falsos recuerdos y estos, conducen a la melancolía y a imaginar un pasado y un futuro mejores.

Retomando el tema anterior, por lo general, destacamos más en algunas áreas que en otras. Podemos ser buenos, en algunos aspectos de la vida, pero no tener ni idea en otros. En resumidas cuentas, lo que nos explica este efecto, es la incapacidad de reconocer nuestra ineptitud.

Leemos un artículo de prensa o escuchamos una noticia, en los medios de comunicación y la interpretamos según nuestras creencias. Ahí radica la importancia, de la diferencia entre la ciencia y la religión, que mencioné al principio del libro.

Te acabo de dar la información, para convertirte en un chismoso o por lo menos, para que entiendas cómo se forman los rumores. Por lo mismo, te dejo cuatro formas de actuar, por si alguien te viene con alguno y no quieres entrar en el juego.

Evidentemente, la forma más fácil de no entrar, es afirmándole a la otra persona, que no te interesa el tema y que pasas de opinar, pero, si aún así, insiste y no te queda más remedio que escuchar, estas 4 formas te vendrán bien.

1- Sigue con lo tuyo, sólo escucha.
2- Cambia de tema sutilmente.
3- Di algo positivo de la situación o persona.
4- Abandona el lugar o aléjate de la persona.

Se trata de ir combinándolas. Si el sujeto viene a ti con algún rumor y no quieres entrar en el juego, no dejes de hacer lo que estás haciendo y sigue con lo tuyo, sólo escucha. Si aún así, te molesta, cambia sutilmente de tema y llévalo a tu terreno, dale la vuelta al asunto y empieza a hablar bien, de la situación o persona.

Para finalizar, si acabas harto y no quieres seguir con la historia, abandona el lugar o aléjate de la persona. Con esta afirmación, quiero explicar, que las redes sociales son un mundo paralelo al real, no hay que confundirse y darle su justo valor. Es un lugar para distraerse, es ocio o incluso, en ocasiones, una forma de hacer negocio.

Un lugar donde intercambiar servicios, pero si no se tiene cuidado con él y nos creemos todo lo que se publica, puede llegar a ser incluso más perjudicial que el real.

La persona puede caer en depresión, por los celos, envidias y frustraciones, contraídas por el hecho de comparar su vida, con la de los demás. Son interpretaciones, que pueden conducir a ideas erróneas y dictaminar que su vida es muy aburrida y triste.

Ha llegado a la conclusión, de que los demás tienen una vida idílica, de sonrisas y alegrías, son familias o parejas felices, sin problemas entre ellos, todo les va genial.

Como he dicho antes, nunca sabemos las circunstancias por las que están pasando los demás y tampoco conocemos los motivos, de porqué publican sus fotos o escriben ciertos comentarios.

Las fotos, tienen una gran peculiaridad y es, que dejan grabado un momento de nuestro estado anímico, un momento que ha podido durar una hora, 30 minutos o incluso apenas 40 segundos, es más, en ocasiones ni eso.

Podemos fingir, ese estado emocional deseado y plasmarlo en la fotografía. A partir de ahí, ya es cosa de la otra persona, según en qué momento de su vida la vea, interpretará una cosa u otra.

Una sonrisa puede esconder un gran dolor, igual que una cara triste, puede tener detrás una gran alegría. Avanzando en el tema, continúo con los sesgos cognitivos.

Sesgos cognitivos: son errores de interpretación, en la información percibida. En ocasiones, se llega a distorsionar de forma drástica la realidad, dando como resultado juicios erróneos, seguidos de consecuencias negativas.

Nuestra manera de interactuar en la sociedad, está condicionada por ellos y en la mayoría de veces, no somos conscientes, es por esto, que voy a exponerte los dos sesgos más influyentes en el racismo, el de afirmación y el de pertenencia.

Sesgo de afirmación: es muy usado para manipular la información. El motivo es, que nos fijamos y aceptamos más, la información que va acorde con nuestras ideas y nos cuestionamos, las que van en contra. En este caso, se busca cualquier información, que refuerce la conducta discriminatoria, y si le añadimos el efecto de encuadre, tenemos el pack completo. Este nos dice, que según se presente la información, así la entendemos, aunque sea la misma.

Según nuestras creencias, nos enfocamos más, en una parte del mensaje, en vez de hacerlo en su totalidad, modificando así nuestras decisiones. Te lo explico de otra forma para, que lo entiendas mejor.

Estás viendo las noticias en la televisión y están diciendo, que el 90% de la población, tiene un teléfono móvil, poco después, cambias de canal y también están transmitiendo la misma noticia, pero en esta ocasión, dan la noticia en sentido inverso. Están diciendo, que el 10% de la población, no tiene un teléfono móvil. Como ves, es la misma información, sólo que explicada de forma diferente.

A partir de ahí, según la atención que le prestemos, nos fijaremos más, en ese 90% o en el 10%, escogeremos la que vaya en consonancia con nuestras ideas. Las estamos reforzando y seguramente, si estás en contra de su uso, les dirás a tus amigos. – ¡Ves cómo somos muchos, los que no usamos el teléfono móvil! –

¡Y en realidad, sólo es el 10%!

Sesgo de pertenencia: se podría resumir de esta forma, tus ideas, más las del grupo de referencia, se convierten en conductas extremas, no importa cuáles sean, lo darás todo o nada, te irás al extremo. Pierdes la identidad como persona individual y con ello, la responsabilidad de tus actos, la delegas al grupo, porque crees que estáis fusionados. Esta forma de pensar, se debe al sesgo de proyección y en ocasiones, debido al falso consenso, se producen discusiones en el grupo.

Sesgo de proyección: tendencia a pensar, que los demás opinan igual que nosotros. Es querer verse reflejado en ellos, que sean como nosotros, que tengan la misma forma de pensar y actuar. Imagínate, que estás en la discoteca con tus amigos y te apetece beber un chupito de whisky, seguramente, darás por hecho, que a todos les gusta, porque sabes que beben cerveza igual que tú y pides uno para cada uno.

No tienes en cuenta, que pueda haber alguien a quien no le guste, alguien que sólo bebe cerveza como bebida alcohólica o quizás, también algo de vino, pero detesta el whisky.

Viendo todos estos errores de interpretación, entenderás, por qué dos personas criadas en un mismo lugar y en condiciones similares, tienen una visión diferente del mundo. Una, le saca provecho a cualquier circunstancia y la otra, en cambio, es víctima de ella.

La forma de percibir nuestro entorno, hará que nos sintamos a salvo o en peligro. De hecho, las valoraciones que hacemos, vienen precedidas por nuestros miedos, personalidad y experiencias pasadas, en consecuencia, nos aproximamos o nos alejamos del lugar, objeto o persona.

Es un bucle, unas conductas llevan a otras. Hay que tener en cuenta, que de cualquier situación que vivimos, podemos aprender algo, si queremos. Sólo depende del tipo de mente que tengamos, si somos proactivos o reactivos y esto nos lleva, a la que he mencionado más arriba, a la productiva o la reproductiva.

Te lo explico rápidamente, ser proactivo, es decidir cómo me irá el día y la reactiva, es simplemente dejarse llevar, por las emociones del momento, que nos vayan guiando el día.

Siendo proactivos, es más difícil dejarse influenciar por las opiniones de los demás, porque nos lo cuestionamos todo, antes de juzgar a alguien o sentirnos juzgados. Sin embargo, siendo reactivos, reaccionamos al momento, hacemos uso de los estereotipos y los prejuicios.

Ahora, imagínate a alguien con prejuicios sociales, – ¿Cómo interpretará, la información emitida sobre la inmigración? –

Digamos que informan, de que el 90% de los inmigrantes de tu ciudad, trabaja honradamente, paga sus impuestos y además, una gran mayoría de entre ellos, tiene una hipoteca.

Es decir, son un valor añadido a las arcas del estado, sin embargo, horas más tardes, el mismo medio de comunicación, repite la misma noticia, pero hace igual que en el caso anterior, le cambia el sentido, diciendo que el 10% de los inmigrantes, no trabaja y vive de las ayudas del estado.

Este error, también se puede explicar por el efecto priming.

Efecto priming: asociamos ciertas palabras o imágenes a ciertos estímulos. Por ejemplo, cuando nos piden que digamos un país, que empiece por la letra D, la mayoría de nosotros, decimos Dinamarca. Sucede lo mismo, cuando nos piden, que digamos un animal que empiece por la letra E, la mayoría contestamos elefante. Esto sucede, porque desde siempre, hemos asociado estas palabras con estas letras.

De modo exacto, sucede con el color rojo y la fruta, la mayoría diremos cereza o fresa. Con este ejemplo, quiero que entiendas, que si tienes un prejuicio contra algún estereotipo, país o continente en concreto, en cuanto tengas delante, a alguien que se asemeje a él o provenga de esos lugares, lo juzgarás de la misma forma y contigo harán lo mismo.

Tu mente te traicionará y te pondrá en la boca, palabras que según en qué momento y lugar, no querrías decir. Se hace de forma automática, por asociación de ideas, unas llevan a otras.

Es de suma importancia, entender esto, porque si en alguna ocasión vas a juzgar a alguien, sabrás si lo haces, basándote en hechos reales o en tus creencias, en tu propia experiencia o en lo que has oído por ahí, es decir, en la experiencia de otros y como acabo de explicar, los sesgos cognitivos llevan a errores de interpretación.

Seguidamente, voy a continuar con la psicología de grupos, tan importante para el ser humano. Somos seres sociables y tenemos la necesidad de interactuar, con los demás miembros de la comunidad, compartir experiencias y opiniones.

Hay que recalcar, que nuestro comportamiento, no es el mismo estando solos, que estando con más gente. Aunque parezca insólito, cuando se trata de prestar ayuda a alguien, esta distinción, marca la diferencia entre ayudar y no hacerlo. El efecto espectador lo puede explicar.

Efecto espectador: cuanta más gente tengas a tu alrededor, menos probabilidades tienes, de prestar ayuda al demandante. Se debe a la difusión de la responsabilidad, nadie del grupo, tiene el mando de la situación y en consecuencia, nadie es el responsable. Es la tendencia a pensar, que los demás, ya prestarán la ayuda. En consecuencia, si nadie hace nada, tú tampoco lo haces.

Es un fenómeno, que suele suceder, cuando la situación es confusa, entonces, para decidir si ayudar o no, primero intentamos averiguar qué está pasando y luego, si es una emergencia o no es para tanto. Si es la primera opción, seguramente optaremos por ayudar, sin embargo, si creemos que no es tan grave, no actuaremos, por miedo a hacer el ridículo, a haber exagerado la situación.

Igualmente, hay dos formas distintas de ayudar o colaborar socialmente. Una es por responsabilidad social, denominada conducta prosocial, que son los comportamientos, que nos benefician a todos. En menor o mayor medida, todos los compartimos. Tirar la basura en los contenedores, cruzar la calle por el paso de peatones, salir de casa vestidos, etc.

Después, cuando la situación es de vida o muerte, se prioriza por factores genéticos, se busca la continuidad de la transmisión genética, a los miembros de la siguiente generación, pero aún así, aunque ayudemos por conducta social, tenemos algunas preferencias.

a) prestamos más ayuda, a quien encontramos más atractivos, nos gustan más y a los que son similares a nosotros o que pertenecen a nuestro grupo.

b) ayudamos a las personas, que creemos que merecen ser ayudadas, es decir, si opinamos que el problema es externo a ellas, que les ha venido por las circunstancias del momento. Es lo que se conoce, como la atribución de responsabilidad.

Atribución de responsabilidad: nos hace juzgar, la misma situación de forma opuesta, según se atribuya la responsabilidad a la persona o a factores externos a ella. Para que lo entiendas mejor, te expondré el ejemplo del vagabundo, ya que, es muy típico en las grandes urbes.

Los vagabundos, los sin techo: cuando una persona que duerme en la calle, nos pide ayuda, tenemos dos opciones, negarnos a dársela u ofrecérsela. Si opinamos que está, en esa situación por decisión propia, por su mala praxis o porque se lo merece, seguramente le denegaremos la ayuda.

Sin embargo, si opinamos que ha llegado esa situación por causas externas a ella, como por ejemplo, una crisis financiera, una catástrofe natural, como puede ser un terremoto o un huracán, probablemente, le prestaremos ayuda. Otro ejemplo claro, es cuando vemos a alguien tirado en la calle y aparenta estar drogado o ser un vagabundo, raramente le prestaremos atención, seguiremos nuestro camino, como si nada.

No obstante, si va arreglado, rápidamente nos acercaremos a él, para interesarnos por su estado. Lo mismo haríamos, si encaja en nuestro modo de vida, aunque no vaya arreglado. Este aspecto es muy interesante, porque en el momento de ofrecer ayuda, se prioriza al mismo grupo, es debido, a la creencia del sentimiento de identidad compartida.

Es uno de los principales motivos, por los que trabajamos con uniforme, para que nos sintamos unidos y prolifere la empatía entre nosotros. También hay que decir, que nos influye en el momento de juzgar a alguien.

Si una persona cae enferma, ve su peso corporal alterado, pierde el puesto de trabajo, etc., actuaremos del mismo modo, tendremos emociones y sentimientos opuestos, según interpretemos si es su culpa o le ha venido por factores externos.

Sentimiento de identidad compartida: es el que nos empuja, a querer formar parte de algún grupo en concreto. Es una forma de sentirnos queridos y protegidos, creemos que los demás, nos van a ayudar en los momentos difíciles. Debido a estas ideas, compartimos ideologías y maneras de comportarnos, somos solidarios con los otros, porque es lo que buscamos también, la empatía de los demás.

Esto se debe, a las neuronas espejo, gracias a ellas, el cerebro copia e imita las conductas de los demás, de esta forma, es capaz de sentir lo mismo. Es la capacidad, de ponerse en el lugar del otro y ser capaz, de sentir sus mismas emociones, un aspecto fundamental en cualquier grupo.

Siempre se ha dicho, que la unión hace la fuerza, por otro lado, tampoco es necesario tener los mismos objetivos, ni exactamente las mismas ideas. Basta con sentirse identificado, en ciertos aspectos, importantes para nosotros, en ese momento de la vida.

No hay que olvidar, que con el paso de los años y debido a las experiencias vividas, vamos cambiando o modificando nuestras preferencias y eso se traduce, en ir cambiando de grupos.

Con 20 años, podemos ser unos fanáticos del fútbol y a los 40, dejar de interesarnos y decantarnos por el baloncesto. Sucede igual, con el objetivo de vida, con 20 años, podemos ser unos rebeldes e inconformistas y a los 40, ser más conformistas y llevar un estilo de vida sedentario, centrado en no complicarse mucho la existencia.

Como he dicho más arriba, lo importante, es ser coherente con nuestros pensamientos, porque el problema, surge cuando hay disonancia entre ellos.

No nos comportamos según pensamos y suele ser el motivo principal, de abandono o cambio de grupo, ya no nos identificamos con él y este resultado, se puede explicar, por el efecto de falso consenso.

Efecto de falso consenso: nos lleva, a sobreestimar el grado de acuerdo, contraído con el grupo. Pensamos, que nuestras opiniones, creencias, costumbres y maneras de comportarnos, son compartidas por todos. Asimismo, puede ser la explicación, de las discusiones entre amigos, que deciden irse de vacaciones juntos, habrá algunos a los que les guste madrugar y a otros que no.

También puede ser, que a unos les guste recorrer el lugar a pie y que otros, prefieran usar el transporte público y así con cualquier desavenencia. Esto es, fuente de muchos errores de interpretación, sobre todo, en el momento de juzgar a alguien o algo, basándonos en la primera información que recibimos. Es típico en el siguiente sesgo.

Sesgo de anclaje: emitimos un juicio, sobre la primera información que percibimos y posteriormente, toda gira en entorno a él. Es algo típico, en los mercados, el vendedor pone un precio a sus productos y nosotros, negociamos a partir de él, ha anclado el producto, a un precio determinado.

Pues sucede exactamente igual, con las opiniones sobre las personas. Es la información que usamos de alguien, para juzgarla. Por ejemplo, si nuestra pareja sentimental es celosa, la juzgaremos de buena o mala, según el nivel de sus celos, habrá días mejores y días peores, pero, nuestra forma de interactuar con ella, estará condicionada por sus celos. Toda gira en torno a ellos, no tenemos en cuenta otras facetas de su personalidad.

Diremos: – La quiero mucho, aunque sea celosa – Es buena persona, pero es celosa –

Hemos puesto el ancla en los celos. Visto que los he mencionado, voy a escribir algo sobre las personas celosas. ¿Por qué, son así? – y – ¿Por qué, desconfían de sus parejas? –

Es importante, conocer los motivos de su conducta, para hacer un juicio acertado.

Celopatía (los celos enfermizos): se produce cuando la persona, no distingue entre la posesión y la voluntad propia. Cree que la otra persona le pertenece, no entiende que una relación sana, es bidireccional, ambos quieren estar juntos, pero sin perder el derecho de elección.

Es decir, – Estoy contigo, porque así lo decido, no porque seas mi dueño/a – Con lo cual, me puedo ir cuando quiera y sin tener que justificarme –

No obstante, tenemos que ser conscientes, que los celos, son un sentimiento natural en el ser humano y sobretodo, necesarios. Nos motivan, a luchar por la persona que amamos, a dar lo mejor de nosotros, pero, hay que diferenciar entre el sentimiento natural y el patológico.

En el primero, los celos aparecen y pasados unos segundos, analizas los pensamientos que estás teniendo y valoras la situación, te preguntas por qué tienes esos sentimientos, pero no actúas, los aceptas. Sin embargo, en el segundo caso, vienen condicionados por tu autoestima y tus carencias, ya sean materiales, físicas o emocionales.

En consecuencia, te cuestionas la relación, pero sobre todo, te imaginas y ves conductas que no existen, sólo están en tu mente, te está traicionando, más bien, está afirmando tus creencias, estas siempre serán ciertas a tus ojos.

Debido a este error de percepción, no entiendes o no aceptas, que tu pareja rechace lo que le ofreces, no tienes en cuenta su libre albedrío y la decisión tomada por ella. De igual forma, que aceptó empezar una relación amorosa contigo, también, puede decidir terminar con ella.

A parte de esto, también tiene mucho que ver tu autopercepción, la forma de verte y valorarte respecto a la sociedad, tu autoestima. Cuanto menor es, más desconfiado/a y controlador/a te vuelves, en consecuencia, siempre se repite la misma situación. – Empiezas una relación y pretendes controlar a la otra persona –

Le recriminas cosas, que no ha hecho, las basas en lo que has vivido en las anteriores relaciones, no aprendes las lecciones. Usas la mente reproductiva y de ahí, la reactiva. No te das cuenta, pero, a la otra persona la estás destrozando anímicamente.

Has conseguido que sienta la necesidad, de justificar continuamente sus conductas y se siente atrapada, no entiende que le está pasando, pero está cada vez más sola. Ha dejado de lado a sus amigo/as y familiares, sólo para complacerte. El estado de angustia, es tan elevado, que la mayoría de veces, decide alejarse de ti, te abandona, lo hace por su bien. Te puede querer mucho, pero tus celos, están acabando con ella. Es la mejor decisión, que se puede tomar frente a una pareja celosa.

¡Alejarse de ella!

"Si tu pareja es muy celosa, huye, escápate, por tu bien, vete"

Teniendo en cuenta, el efecto negativo y en ocasiones desastroso, que puede padecer la persona abandonada, te explicaré cómo crear recuerdos. De esta forma, no olvidarás jamás a tu ser amado, se trata de solaparlos o simplemente sustituirlos, por otros mejores.

Es algo sencillo y apto para cualquier persona, se consigue asociando música con sentimientos. De esta forma, cada vez que la oigas, te acordarás de esa persona o momento especial.

Música y recuerdos: si quieres no olvidar a alguien o recordar una situación o lugar en concreto, asócialo con música. Este será de por vida, cada vez que oigas dicha música o canción, te vendrá a la mente ese recuerdo, revivirás el estado emocional en el que te encontrabas, de lo que hacías y qué emociones estabas sintiendo, mejor aún, sentirás melancolía o alegría, según el significado que le asocies.

Es lo bueno de las emociones, que pueden ser condicionadas y manipuladas, según nuestros objetivos. La sensación, es innata y no se puede moldear, pero el significado que le damos, sí. Esto es la emoción, puede ser tristeza, alegría o miedo.

Esta capacidad de moldeamiento, la conocen bien, la industria del cine y la del comercio, por eso, la próxima vez que vayas a un centro comercial, fíjate en la música que ponen y verás que es diferente en cada sección y también según la hora del día.

Cuando se aproxima la hora del cierre, la música te causará estrés, para que te apresures a comprar e irte, te incitan a la compra compulsiva. Por el contrario, cuando es a media mañana o media tarde, es más suave, para que te quedes más tiempo y acabes comprando más.

Con esta pequeña explicación, comprenderás las compras compulsivas, que se realizan en ciertas épocas del año. Uno de los motivos es el volumen de la música, suele estar más alto, no es que la gente se haya vuelto loca, ni mucho menos, pero no lo pueden evitar, se dejan llevar por la presión de grupo y el efecto arrastre.

La música, tiene la capacidad de cambiar nuestro estado anímico, altera el ritmo cardíaco, pudiendo activar, cada una de nuestras estructuras emocionales.

Recuerda la banda sonora de una película de terror y seguramente se te pondrán los pelos de punta, con esto quiero decir, que la próxima vez que te reúnas con un ser querido, apaga el televisor y enchufa la radio o pon música, de esta forma estarás inmortalizando un momento.

Siguiendo con la psicología de grupos, te menciono otro sesgo interesante, para entender, por qué a veces se nos juzga de antisociales, cuando en realidad, lo que hacemos, es no seguir a la mayoría, como borregos. Tenemos nuestras ideas claras y no nos dejamos influenciar por los demás, no nos dejamos arrastrar por ellos.

Efecto de arrastre: está relacionado con el pensamiento grupal, es la tendencia a creer o a hacer algo, sencillamente porque la mayoría de la gente lo hace. Un claro ejemplo, es la moda, imitamos a los demás, no nos cuestionamos el por qué, simplemente, lo hacemos.

Sucede lo mismo, cuando tenemos hambre y tenemos varios establecimientos de comida cerca, la mayoría de las veces, entramos en el que está más lleno, pensamos que se come mejor, si no – ¿Por qué, hay tanta gente? –

Es lo que hacemos la mayoría, cuando vemos camiones aparcados cerca, nos viene a la mente la frase, – Donde veas camioneros, es que se come bien y a un precio económico –

Otro ejemplo, sería el boom inmobiliario, entre los años 2000 y 2006, muchísima gente se endeudó, por comprar viviendas, que actualmente no cuestan ni la tercera parte, del valor que pagaron. Era una ola, las personas surfeaban en ella, sin chalecos salvavidas.

"Son personas que no saben nadar,
pero aún así, se lanzan al mar"

No obstante, también es usado por el miedo a equivocarse, hay personas que siempre están a favor de la mayoría, en cualquier debate en el que participen, se decantan por ella, es escandaloso, cómo se puede llegar a cambiar de opinión, por temor a equivocarse y/o hacer el ridículo.

Es gente, que suele ser negativa y la explicación, se puede obtener con el sesgo que lleva su mismo nombre, pero antes de seguir con él, prefiero ponerte un gran ejemplo del sesgo de arrastre, la histeria colectiva.

Histeria colectiva: se podría definir, como un ataque de ansiedad grupal. Puede desencadenarse, por cualquier circunstancia, que conlleve la pérdida de poder adquisitivo y/o ponga en peligro nuestra supervivencia, como una guerra, un ataque terrorista, el hundimiento de la bolsa, un boom inmobiliario, una enfermedad, etc.

Sólo hacen falta, dos factores, para que aparezca el contagio colectivo. Que la persona u organización, encargada de la información, sea un referente en ese tema y saber manipular el contenido del mensaje.

Esto hará, que los medios de comunicación, se interesen y difundan la información a sus anchas, eso sí, lo harán a su manera, para crear noticia, donde no la hay y así ganar audiencia.

No hablo de mentir, sino, de la manera de informar, el tono de voz, las palabras adecuadas y los titulares utilizados. Según el modo de informar, se puede incitar al pánico o a la calma, al odio o al amor.

Una vez se ha difundido el mensaje, el resto de la población, lejos de analizar la situación y buscar, el para qué de dicha información, se dejará llevar por las emociones.

El razonamiento, queda bloqueado y en consecuencia, entra en juego la mente reactiva (acción-reacción), se deja de pensar y se actúa por supervivencia. La población, se convierte en un rebaño, actúa como un grupo, pero sin líder.

Un grupo, formado de la nada, sin premeditación, ni objetivo en común, se va moviendo, según aparecen las noticias.

Como no razona, sólo se fija en la parte negativa de la información, de las noticias, sólo se queda con el titular, no profundiza en el contenido. Es mucha información de golpe, los medios de comunicación, nos bombardean y somos incapaces de filtrarla, han saturado nuestro cerebro y tenemos nublada la capacidad de juicio.

Se crea un estado de alarma inexistente, se instaura la ansiedad, el dolor de pecho, de cabeza, mareos y ardor estomacal, acompañado de náuseas, desmayos, e incluso convulsiones.

El miedo, puede trastornar por completo, el sistema nervioso central. En ese momento de bloqueo, es cuando se empiezan a imitar las conductas de los demás, se busca algún referente, que nos genere seguridad y la mente entiende que si él o ella, lo hacen, es que es bueno y tiene sentido.

Es en ese preciso momento, cuando adquirimos el sentimiento de grupo, nos deshacemos de la responsabilidad, la delegamos en el grupo, en consecuencia, muchas veces, aparecen los disturbios, agresiones y robos colectivos.

Gente, saqueando centros comerciales, destrozando material público y quemando vehículos, conductas impensables desde la mente individual. Una forma de comportamiento irracional, totalmente emocional y guiada por el efecto arrastre.

Expuesto este ejemplo y cambiando un poco de tema, prosigo con el sesgo de negatividad.

Sesgo de negatividad: si algo puede salir mal, seguramente así será. Tiene que ver con el punto de enfoque, del lugar donde centramos nuestra atención, si no paras de repetirte, lo torpe e inútil que eres, raramente harás bien las cosas y como he dicho anteriormente, somos lo que reflejamos.

En consecuencia, los demás te tratarán de la misma forma, de torpe e inútil, tú mismo te estás encasillando en un perfil negativo, cuando el esfuerzo invertido, es el mismo que hacerlo en otro más positivo. Este sesgo, va muy relacionado con la internalización de los estereotipos y con el sesgo de retrospección.

Es lo malo de vivir en el pasado, que se repiten los mismos errores, no hay espacio para el aprendizaje. Es típico, en las personas que han sufrido cualquier forma de rechazo, durante la infancia o adolescencia. Han sido rechazadas por su físico, por su intelecto, lugar de procedencia, forma de comportarse en público, etc.

Su auto concepto, no evoluciona y se quedan estancadas en esa época y con las mismas herramientas de defensa, el retraimiento social y la vergüenza, ambas formas de actuar suelen expresar ira.

Se han convertido, en adultos frustrados y amargados, no se hacen responsables, sino, que se sienten avergonzados, generalizan a los responsables de sus males. Si ha sido un familiar, culpan a la familia y si ha sido alguien en particular o un conjunto de personas, culpan a la sociedad.

Siguen teniendo miedo a ser rechazados, son los temidos complejos, sólo que su forma de afrontarlos, ha cambiado, ahora lo hacen criticando a los demás, fijándose en sus defectos. No tienen en cuenta, que hay personas, que en las mismas situaciones, han actuado de modo diferente.

Por ejemplo, el adolescente, que harto de las burlas y del acoso escolar, de sus compañeros de clase, decidió actuar, y en vez de quedarse en casa lamentándose y llorando, por su situación personal, decidió cambiar de actitud, dejar a un lado la actitud reactiva y tomar la proactiva.

Con esta, puedes tomar las riendas de tu vida, porque dejas de esperar la aprobación de los demás, haces lo que crees oportuno en ese momento, te vuelves responsable y aceptas las consecuencias de tus actos.

Eres consciente, que cualquier cambio personal, requiere de un esfuerzo mínimo, no puedes tener mucha cultura, si no lees o viajas, tampoco hablarás varios idiomas, si no los estudias y algo que mucha gente no acaba de entender, es que, para tener un cuerpo esbelto y musculado, es necesario hacer ejercicio físico de forma regular, combinado con una alimentación equilibrada.

No es compatible, con una vida sedentaria y además acompañada de una mala alimentación, pensando de forma contraria, es cuando se cae en las garras de los vende humo.

El adolescente, siendo consciente del esfuerzo que debía hacer, primero hizo un cálculo de las horas que dedicaba al malestar y las invirtió en adquirir conocimientos, empezó a leer, ver documentales, practicar deporte y más adelante, estudió una carrera universitaria.

Actualmente, es un adulto sin complejos, porque ha entendido su función, hacer de trampolín, para sacarle provecho a la situación. Cuando los identificamos y razonamos sobre ellos, podemos encontrar la forma de superarlos.

Igualmente, si la forma no es viable, los hemos aceptado y a partir de ese momento, dejan de ser complejos, porque ya no nos afectan, les hemos quitado, el único factor que tenían para perjudicarnos, nuestra atención.

Eso, es exactamente lo que hizo su hermana, viendo los beneficios de tener una actitud proactiva, imitó a su hermano, pasados unos meses, volvió a usar minifaldas, pantalones ajustados y cuando va a la piscina, no teme a las miradas de los demás, se acepta físicamente y vive sin complejos.

Los has utilizado, para practicar deporte y gracias al esfuerzo de los entrenamientos, conoce sus límites y cada día que pasa, son menores. La próxima vez, que alguien nos haga una crítica o burla sobre ese aspecto, no nos afectará, porque para nosotros, ha dejado de ser un problema, en todo caso, nos estará haciendo un cumplido.

Para finalizar, los complejos se superan, una vez tenemos claros los objetivos que buscamos en la vida. A partir de ahí, analizar de qué forma, nos están imposibilitando el alcanzarlos.

Con esta simple pregunta, la mayoría de veces, cambiamos el punto de enfoque, si mi objetivo es ser médico, camarero, contable o repartidor de pizzas, tener el culo gordo o plano, no es un obstáculo y tampoco lo será mi altura. Ser alto o bajito, no me impide alcanzar esos objetivos, en todo caso, me podrían perjudicar, si quisiera ser modelo de ropa interior.

Algo semejante, ocurre con el género sexual y su identificación personal. Hay personas que nacen con el sexo opuesto, es decir, hombres, que se sienten mujeres y viceversa, mujeres, que se sienten hombres. Hay una historia, que te quiero contar, resulta, que el hombre que estaba sentado a mi lado, en el avión, estaba avergonzado de su hijo, me dijo, que no entendía por qué era gay.

Estuvimos hablando unas cuatro horas sobre el tema y al final, entró en razón y comprendió, que era erróneo juzgar así a su hijo, aceptó que todos somos diferentes. A continuación, voy a hacerte un pequeño resumen de la charla que tuvimos.

Mi hijo es homosexual: ¿cómo reaccionarías, si tu hijo te dice que es homosexual? – ¿Aceptas tener una hija lesbiana o un hijo gay?

La respuesta, tendría que ser la misma, que si te dijera que es heterosexual, pero lamentablemente, no siempre es así. Esta reacción, viene condicionada, por la cultura y las creencias de cada uno, por los estereotipos sexuales y los prejuicios.

También, es un factor importante, saber qué facetas del hijo se valoran más, si su orientación sexual o su capacidad para ser feliz. Porque la orientación sexual, no se elige, viene determinada por la biología de cada uno, está ampliamente demostrado por la ciencia.

Ser homosexual, no es una elección, es una condición igual que ser heterosexual o bisexual, sin embargo, ser feliz sí que es una elección y tu hijo, ha optado por esta última.

– Eso es una gran verdad – Murmulló. – Seguramente, no ha sido fácil para él, reconocerme su orientación sexual – Soy un padre muy estricto. –

¡Exacto! le contesté. No es lo mismo, informar a los amigos, que a los padres.

– ¿Por qué, le das tanta importancia a la orientación sexual?
– Si es, porque no te hará abuelo, te recuerdo, que también puede ser estéril y aunque fuera heterosexual, tampoco te daría un nieto o también, si elige ser sacerdote, tampoco te lo dará. Si hablas con él, verás que tenéis muchas cosas en común – ¿Y vas a renunciar a él, sólo porque no comparte tu orientación sexual? – ¡Es tu hijo, no tu mini yo! –

Es un ser independiente y con capacidad de decisión, no lo juzgues por no seguir a la mayoría, más bien, celebra que no se avergüence de su condición sexual.

Si le preguntas, desde cuándo siente que es homosexual, seguramente, te contestará con otra pregunta – ¿Desde cuándo sientes tú, que eres heterosexual? –

Te darás cuenta, de que la respuesta, es la misma para ambos, desde que nacisteis. Tenemos que tener presente, que cuando juzgamos a alguien, estamos haciendo un juicio introspectivo, estamos confrontando la realidad social, con nuestras creencias, estamos mostrando, nuestros prejuicios sociales.

Predominan nuestras ideas preconcebidas, sobre el significado de la homosexualidad y estamos reflejando nuestra rigidez mental, hacia la heterosexualidad, como única vía de relación, entre dos personas. Estas ideas, vienen condicionadas, por la información que tenemos en este preciso momento, una información, no contrastada científicamente, sino, basada en estereotipos y conversaciones entre amigos. Generalizamos cualquier conducta y las asociamos entre ellas.

Te lo explico con un ejemplo, para que lo entiendas mejor: ves a dos chicas bailando juntas o agarradas de la mano y piensas que es algo normal. Que son amigas, sin embargo, eso lo hacen dos chicos y automáticamente piensas que son gays, en ningún momento, piensas que puedan ser hermanos o padre-hijo.

Hay muchos padres/madres, que se preguntarán, en qué momento de su educación, han fracasado, cómo es, que su hijo no ha salido normal. Lo aceptarán, pero sentirán pena por él, por ser diferente y están convencidos, de que le espera una vida desgraciada.

Otros, sin embargo, lo rechazarán, por ignorancia, desconocimiento sobre cómo funciona la biología o simplemente por vergüenza ajena, por el qué dirán los demás, familiares, amigos y conocidos.

Por suerte, esto es una minoría de los casos, actualmente, en el año 2020, ya es un tema aceptado y la mayoría de padres/madres, aceptan incondicionalmente a su hijo.

Prestan más atención, a otras facetas de su vida, como por ejemplo, que sea feliz y esté bien de salud, dejando en segundo plano la orientación sexual. Al final, es lo que importa, que tu hijo, esté sano y disfrute de la vida. Ámalo por sus ideas, no por las tuyas.

Esta última frase, es interesante, porque el hombre llevaba los dos brazos totalmente tatuados y en eso mismo, me inspiré para decirle, que no todos tenemos las mismas ideas.

– Hay gente, a la que no le gustan los tatuajes y seguramente, no te gustaría que te juzgaran por eso. – Claro que no – Me replicó. – No entiendo, ¿cómo se puede llegar a pensar, que un tatuaje defina mi personalidad? –

Mi capacidad cognitiva, no ha sido alterada – ¡Soy el mismo que antes de tatuarme! – Además, ¿cómo van a juzgarme, si no conocen los motivos, que me han llevado a tatuarme?

Explícamelo, le repliqué y así fue, como me contó, que estuvo encerrado en prisión durante 15 años.

Jóvenes delincuentes y la prisión: entré en prisión con 35 años y salí con 50, cumplí, la misma condena que mi compañero de celda, sólo que él, aprovechó el tiempo en el que estuvo allí. Ingresó con 27 años y salió con 42, se sacó la carrera de derecho. Sí, ha pasado de ser un delincuente, a ser abogado.

Por mi parte, es bastante diferente, porque yo soy un ladrón profesional y él, ha sido por las circunstancias de la vida. En mi caso, ha sido una inversión, desde que he salido, no he vuelto a trabajar, vivo de los beneficios que me aporta, el robo que cometí. Desde fuera, los dos encajamos en el mismo estereotipo, somos ex convictos y con tatuajes.

Seguramente, nos asociarán con alguna banda de delincuentes y/o motoristas. Su historia es un poco triste, porque realmente, se dejó influir por la presión de grupo y acabó cometiendo un delito, bajo los efectos del alcohol, tuvo un accidente de coche en el cual, atropelló a varias personas y posteriormente se dio a la fuga, por suerte ninguna falleció, pero las dejó malheridas.

No era mal chico, pero se dejaba influenciar por cualquiera, se unió a un grupo de maleantes, que habían ingresado por tráfico de drogas y extorsión.

Curiosamente, una de las charlas de motivación que impartía la prisión, le sirvió como punto de inflexión, para cambiar de actitud, personalmente, debo decir que la charla fue muy instructiva.

El ponente, era un distinguido abogado de la ciudad, nos habló sobre las razones de ingreso en prisión, pero sobre todo, de las diferencias entre los delincuentes. Te dejo un resumen de la charla.

La charla: os voy a contar un par de cosas y espero que os quede bien claro, no os juzgo ni mucho menos, simplemente doy mi punto de vista. – ¿Alguien de aquí, tenía como objetivo ser preso? –

Cuando de pequeños os preguntaban, qué queríais ser de mayores, seguro que ninguno respondía, ser preso, estáis aquí por vuestras conductas.

- Hay dos tipos de delincuentes: el profesional y el circunstancial. Las conductas son las mismas, pero los objetivos, no. El primero, se salta la ley, siendo consciente de las repercusiones que ello conlleva, decide cometer un delito, pasar un tiempo privado de libertad y en cuanto la recupera, vive sin trabajar.

Los frutos cosechados de su delito, le cubren los gastos, sin embargo, el segundo es totalmente opuesto, en este se distinguen, dos perfiles diferentes: uno, donde el sujeto, sale y entra en prisión sin cesar, comete un delito, ingresa en prisión y en cuanto sale, vuelve a cometer otro y así sucesivamente.

El otro, es el sujeto, que por la emoción del momento, toma una mala decisión y acaba entre rejas. No tenía nada premeditado, simplemente surgió. Como ya habrás deducido, el joven preso obedece al segundo perfil.

- Delinquir, suele llevar a dos caminos: a la cárcel o al cementerio. Estar encerrado, por muy bien que te cuiden, dudo mucho que sea mejor, que estar ahí fuera. En libertad y con capacidad de decisión. – Vas a donde quieres – Con quien quieres y cuando quieres –

Una vez allí dentro, lo puedes interpretar de dos formas, como un castigo por tus actos o como una lección, para no volver a repetirlos. Cuando se considera un castigo, aunque es cierto que la condena la pagáis vosotros, son vuestros seres queridos los que lo sufren, vuestros padres, pareja, amigos y familiares.

En cambio, si es una lección, el concepto cambia, tanto vosotros como vuestra familia dejáis de sufrir, entendéis, que es un aprendizaje y que después del paso por la cárcel, vuestro modo de vida, debe ser diferente.

Esto ha sido una academia para aprender, tenéis la oportunidad, de adquirir nuevas formas de pensar y actuar, de cambiar de actitud, dejar de lado la de niño/a gruñón/a (reactiva) y adquirir la proactiva.

El objetivo de la charla, es que entendáis, que sois el reflejo de vuestros actos. ¿Cómo queréis, que os vea la sociedad?

a) – como unos pobres desgraciados, antisociales.
b) – como personas que saben convivir en sociedad.

Por eso, es tan importante, hacerse estas tres preguntas, antes de cometer cualquier acto ilegal:

a) ¿Qué harás, con lo que robes?
b) ¿Qué te aporta, esa conducta?
c) ¿Tienes pensado, mantener ese ritmo de vida, durante mucho tiempo o es pasajero?

El delincuente profesional, conoce bien la respuesta a las tres preguntas, es consciente, de lo que hará con lo robado. La conducta, le aporta un beneficio y por consiguiente, merece el esfuerzo.

Por su parte, el ritmo de vida, es limitado en el tiempo. Por el contrario, el circunstancial, ni se las plantea.

Tener claro estas preguntas, condicionará vuestra reinserción en la sociedad. Esta, en cuanto sepa dónde habéis estado, os juzgará y no lo hará de forma amable y respetuosa.

Entonces, qué pasará si cuando salgáis de aquí, no encontráis oportunidades, – ¿Vais a echarle la culpa a la sociedad y al gobierno o vais a asumir las consecuencias de vuestros actos y a luchar por conseguir vuestros objetivos? –

Es una bonita historia, pero no me has contado el motivo de los tatuajes – Le repliqué –

– Es cierto y tampoco lo voy a hacer, porque no tiene nada que ver con los estereotipos, ni los prejuicios. – Me los hice, por una apuesta con un amigo – me contestó.

Bueno, eso el primero, los demás, ya fueron porque una chica, me dijo que me quedaría fantástico otro y así empecé, uno tras otro, hasta rellenar ambos brazos. Más tarde, se convertiría en la madre de mi hijo, llevamos casados 23 años.

– ¡Wow! eso es mucho tiempo – ¿Cómo se hace, para mantener una relación tanto tiempo? –

– Es sencillo, me contestó. Hay que respetar tres pilares básicos, amor, respeto y sobre todo, sexo. Si falta el tercer pilar, tu pareja se convierte en tu amiga, te lo podrás pasar muy bien con ella, pero tu relación se ha transformado, ahora sois amigo/as o familiares.

La práctica sexual, es lo que marca la diferencia en los tipos de relación, que puedas tener con alguien. Te lo explico en un momento y así, entenderás un poco más, sobre las infidelidades, de esta forma quizás, no juzgues a tus vecinos, por sus conductas o por lo menos, entenderás las tuyas.

Parto de la base, de que no hay vicio, ni adicción al sexo, estos son temas diferentes y se merecen otra explicación.

El sexo y la relación de pareja: antes de seguir con la lectura, responde a esta pregunta y con ella, entenderás muchos de los problemas que puedas tener con tu pareja. – ¿Cómo es tu relación? –

1) de buenos amigos.
2) de amigos, con derecho a roce.
3) apasionada, es veros y desearos.

Aunque las tres, están compuestas tanto de amor, como de respeto, el sexo es la variable independiente, su presencia, es la que marca la diferencia entre ellas.

En la primera, predomina el amor y el respeto, viene siendo un 80% de cariño y un 20% de sexo. En la segunda opción, predomina el sexo, un 80% de sexo y un 20% de cariño. Sin embargo, en la tercera, el porcentaje, viene consensuado por ambos miembros.

Dependerá de cada pareja, pero viene siendo un 50% de cada concepto y sobre todo, no existe el rechazo, hoy por ti, mañana por mí. Igualmente, las tres opciones, son igual de buenas y aceptables, sólo cambia el objetivo de la relación. ¿Ambos buscáis el mismo?

La falta de sexo en la relación de pareja, es uno de los motivos de separación más comunes, unas veces, porque uno de ellos comete una infidelidad y otras veces, porque no quiere cometerla y prefiere separarse. Hasta aquí es sencillo y no pasa nada, la situación se agrava, cuando hay una hipoteca y/o hijos de por medio.

La persona quiere separase, pero no puede, sería peor el remedio que la enfermedad, esto supone, perder tiempo de calidad con los hijos, pagar una pensión, abogados, notarios, etc. Entonces, deciden dormir en camas separadas, para no tener la tentación y así ahorrarse el malestar del rechazo, tú aquí y yo allí.

La falta de sexo, produce ansiedad, tanto para la persona que sufre el rechazo, como para la que lo provoca. La que es rechazada, tiene un sentimiento de abandono y de menosprecio, no entiende, cómo la persona que se supone que la ama, le prive de algo tan natural.

Pasado cierto tiempo, adquiere la indefensión aprendida. La persona, cuando ha sido rechazada tantas veces por su pareja, deja de insistir y abandona, entonces, comete una infidelidad o simplemente, se resigna y deja pasar los días.

Es una situación devastadora, si no eres fuerte mentalmente, puede acabar contigo, sin embargo, la que crea el rechazo, tampoco está bien, porque se siente acosada constantemente.

Indefensión aprendida: has aprendido, a no defenderte frente a esa situación y la generalizas a cualquier ámbito de tu vida, el trabajo, el ocio y el hogar. Sólo quieres desaparecer, sin tener en cuenta, que el mundo es enorme y hay otras personas que desean estar contigo, que valoran en ti, lo que tu pareja desprecia o pasa por alto.

Tu pareja, no quiere tocarte y tampoco quiere que la toques, te rechaza sexualmente. Pero vamos por partes, doy por hecho, que has hablado del tema con ella y sus respuestas, son las de siempre, me encuentro mal, estoy cansado/a, ahora no tengo ganas, luego lo hacemos y así sucesivamente.

Como he dicho antes, llega un punto en que desistes, dejas de insistir, pero lo peor no esto, lo peor, es que te asegura que te quiere.

– Te quiero, pero no te hago el amor –

Sin embargo, os separáis y se lo hace a su nueva pareja. Esto significa, que el amor que había entre vosotros, ha llegado a su fin, pero él/ella, no lo reconoce o no se da cuenta, porque se ha acomodado al estilo de vida que lleváis, se siente cómodo/a y no quiere cambiarlo. Los motivos pueden ser varios e inimaginables.

Cuando eres tú el rechazado, eres el que peor lo pasa, porque tienes ganas de estar con tu pareja y ella te rechaza, al principio, te lo dice sutilmente, te pone excusas, pero con el tiempo, te lo dice literalmente – No tengo ganas – ¿No querrás que lo haga forzado/a? –

Ante esa respuesta, te desmoronas y tienes que decidir qué hacer. ¿Si seguir con él/ella o alejarte y dejar la relación? La persona, te gusta y te llena como ser humano, pero la falta de sexo y las formas de hablarte te lastiman.

Por tu mente, están pasando muchos recuerdos y momentos agradables con ella, pero tu razonamiento, está demostrándote, que lo mejor es partir y empezar de nuevo, ya sea en soledad o con otra pareja. La soledad buscada, es muy placentera y gratificante.

Como he dicho antes, la relación amorosa, se compone de sexo y amor, no importa el orden, cada pareja es diferente. En cuanto falta uno de los dos, empiezan a salir grietas. De ahí la importancia, de mantener el vínculo amoroso, es tu pareja y debes cuidarla, estás con ella por placer, no por obligación.

El acto sexual en pareja, se convierte en hacer el amor, porque se mezclan las ganas de disfrutar y compartir con la otra persona, es un conjunto de conductas no verbales. Miradas, gestos y caricias. De nada sirve, repetirle a tu pareja que la quieres y que, es lo más hermoso, que te ha pasado en la vida, si no lo demuestras con hechos.

Haz la prueba, intenta explicar, qué es la sonrisa con palabras y verás, que es más fácil explicarlo, si la otra persona te ve sonriendo. Dirás, – Esto que estás viendo, se llama sonrisa – Pues en la pareja dirás, – Como te quiero, te hago el amor, me entrego a ti –

Y para acabar, todas las parejas, tendrían que revisar su contrato cada 5 años, digo contrato, porque al fin y al cabo, es un acuerdo verbal. Se revisa, para ver si todavía buscan el mismo tipo de relación, a partir de ahí, negociar una ruptura, una continuidad o cambiar las reglas del juego, para no frustrarse, no es lo mismo jugar a fútbol que a baloncesto.

– Gracias por la explicación – Le repliqué. Me ha quedado muy claro, sin sexo, la relación amorosa, está destinada al fracaso. A pesar de su importancia, muchas parejas lo descuidan y eso que al principio, fue uno de los motivos para estar juntos.

Es uno de los motores, que impulsan las ganas de volver a ver a la persona amada, es un hecho y una evidencia, que con el paso del tiempo disminuye tanto su intensidad, como su frecuencia, pero no puede desaparecer.

Aprovechando, que todavía quedan más de cuatro horas de vuelo, retomo la historia de Zaira, la madre soltera y con ella, daré por finalizado el libro. Espero haberme explicado con claridad y conseguido que entiendas mejor, el motivo de por qué, emitimos juicios constantemente.

Juzgando a Zaira: actualmente y gracias a haber cambiado de actitud, la vida le sonríe, lamentablemente, en un principio no fue así. Cuando nació su hija, empezaron los problemas con sus padres, estos, la juzgaban sin parar.

Primero, fue criticada porque no ganaba suficiente, como para mantener a la niña, luego, porque no le dedicaba bastante tiempo y para finalizar, le echaban en cara, que abusaba del seguro social.

Zaira, trabajaba de camarera y hacía un horario de 8 horas diarias, con un solo día de descanso semanal, empezaba a las 7h30 y acababa a las 16h30. Eran 9 horas, porque tenía derecho a la comida, en el mismo bar, de 12h00 a 13h00.

Viendo la presión de sus padres y harta de sus comentarios, decidió hacer horas extras, habló con su jefe y acordaron, que también trabajaría en el turno de noche, para servir las cenas, de 21h00 a 24h00.

Durante un tiempo, todo iba sobre ruedas, pero sus padres, empezaron a reprocharle que tenía que dedicar más tiempo a su hija, que se pasaba el día trabajando y eso no era normal.

La mujer, no sabía qué hacer, no podía independizarse, porque siendo madre soltera y con una nómina precaria, era difícil que alguien le alquilara una vivienda.

Asimismo, intentó cambiar de trabajo y encontrar otro mejor remunerado, pero cuando iba a las entrevistas y decía que era madre de una niña de apenas 4 años, todo eran excusas por parte de los empresarios.

La mujer, no aguantó el ritmo de trabajo y cayó enferma, estuvo 9 meses de baja laboral y sus padres le recriminaban que se quedara en casa, en vez de ir a trabajar.

Finalmente, después de muchos meses buscando, encontró uno a su medida y pudo independizarse. La cuestión, es que fue criticada por todo lo que hacía.

Nota del autor: nadie nace siendo celoso patológico, mentiroso, ladrón, etc., son las experiencias vividas, las que nos van transformando, más bien, es la manera de interpretarlas. – ¿Son errores o lecciones? – ¿Te hunden o te fortalecen? –

En definitiva, qué tipo de mente tienes – ¿Reactiva o proactiva? – – ¿Aprovechas las circunstancias o eres víctima de ellas? –